Der kleine Held

Der kleine Held

Aus den Erinnerungen eines Unbekannten

Bibliografische Information der Deutschen Nationalbibliothek: Die
Deutsche Nationalbibliothek verzeichnet diese Publikation in der Deutschen
Nationalbibliografie; detaillierte bibliografische Daten sind im Internet über
dnb.dnb.de abrufbar.

Quellennachweis:

Der kleine Held aus: ERZÄHLUNGEN von Fjodor Michailowitsch Dostojewski
Eigenwerk der SVB/Nr. 287 Berechtigte Lizenzausgabe für die Schweizer Volks-
Buchgemeinde Luzern Alle Rechte dieser Ausgabe bei Winkler-Verlag München
verlegt 1962 Titelbild: Zarensohn Alexei Nikolajewitsch Romanow

Impressum:
Alle Rechte vorbehalten
© 2021 Reinhard Scheffler / Aken (Elbe)
E-Mail: nimmi.53@web.de

Satz, Herstellung und Verlag: BoD – Books on Demand, Norderstedt
ISBN: 978-3-7543-3543-7

Vorwort

Dostojewski begann seine Arbeit am »Kleinen Helden« schon im Juli 1849. Bedingt durch die Verbannung nach Sibirien gelangte die Geschichte erst im Jahre 1857 unter dem Pseudonym-Namen »M-ij« zur Veröffentlichung.

Ein Lieblingsthema des Schriftstellers waren Kinder bzw. »Heranwachsende«. Hier läßt er uns an den Gefühlen eines unbekannten Jünglings teilhaben, die bei uns selber bestimmt viele Erinnerungen wecken. Durch die neu hinzu gefügten Kapitel 2 und 3 ist ein kleiner Roman entstanden, der hoffentlich die etwas weniger bekannten Werke Dostojewskis aus dem Schattendasein in das helle Licht rücken. Mit der ungewöhnlichen Art, an das Schaffen des Künstlers zu erinnern, soll kein »Neuer« entstehen, sondern der »Alte« kann 200 Jahre nach seiner Geburt beweisen, seine Themen sind immer aktuell. Zumal bietet der Roman nun die Möglichkeit der Erweiterung der Sicht auf eine andere Art.

Der Autor

I

Ich war damals fast elf Jahre alt. Im Juli hatte man mich in ein bei Moskau gelegenes Dorf zu meinem Verwandten T-ow geschickt, auf dessen Gut sich fünfzig oder vielleicht noch mehr Gäste versammelt hatten … Ich erinnere mich nicht mehr, habe sie auch nicht gezählt. Es ging laut und fröhlich zu. Es hatte den Anschein, als würde ein Fest gefeiert, das in der Absicht begonnen worden war, nie zu enden. Unser Hausherr schien sich das Wort gegeben zu haben, möglichst schnell sein großes Vermögen durchzubringen, und es ist ihm in der Tat vor kurzem gelungen, diese Vermutung zu bestätigen, das heißt, er hat alles bis aufs letzte, bis auf den letzten Faden durchgebracht. Alle Augenblicke kamen neue Gäste. Moskau war keine zwei Schritt entfernt, leicht erreichbar, so daß die Abfahrenden ihren Platz anderen frei machten, und das Fest schäumte und rauschte. Eine Belustigung folgte auf die andere, und die Zerstreuungen nahmen kein Ende. Bald gab es – in ganzen Gruppen – Ausritte in die Umgebung, bald Spaziergänge in den Wald oder an den Fluß, Picknicks und Diners im Freien, Soupers auf der großen Terrasse des Hauses, von drei Reihen kostbarer Blumen umrahmt, die ihre Düfte in die frische Nachtluft verströmten, mit festlicher Beleuchtung, bei der unsere fast durchweg sehr hübschen Damen noch schöner erschienen mit ihren von den Eindrücken des Tages angeregten Gesichtern, ihren strahlenden Augen, ihrer flinken Rede und ihrem glockenreinen Lachen; Tanz, Musik, Gesang; war der Himmel trübe, wurden lebende Bilder, Scharaden, Sprichwörter gestellt, Theatervorstellungen fanden statt, es traten Schönredner, Erzähler und Witzbolde auf.

Einige Personen traten stark in den Vordergrund. Es versteht sich, daß auch Klatsch und üble Nachrede ihre Runde machten, da unsere Welt ohne sie nicht bestehen kann und Millionen Menschen vor Langweile stürben wie die Fliegen.

Da ich aber erst elf Jahre alt war, bemerkte ich von diesen Personen nichts und hielt mich an andere, und wenn ich etwas bemerkte, war es längst nicht alles.

Erst später erinnerte ich mich an mancherlei. Nur die glänzende Seite dieses Bildes stach mir in die kindlichen Augen, die allgemeine Hochstimmung, der Glanz, der Lärm – all dieses bisher nicht Gesehene und Gehörte verblüffte mich derart, daß ich in den ersten Tagen kaum zu mir selber kam und mein kleiner Kopf schwindelte.

Ich rede immer von meinen elf Jahren und war gewiß noch ein Kind, nicht mehr als ein Kind. Viele dieser schönen Frauen, die mich liebkosten, dachten dabei nicht an mein Alter. Aber seltsam! schon hatte sich meiner ein unerklärliches Gefühl bemächtigt; irgend etwas bisher Unbekanntes, Ungeahntes regte sich schon in meinem Herzen und ließ es brennen und klopfen, als wäre es erschrocken, und oft überzog sich mein Gesicht mit einer unvermuteten Röte.

Manchmal kamen mir einige meiner kindlichen Vorrechte beschämend, ja kränkend vor. Dann wieder ergriff mich etwas wie Staunen, und ich ging irgendwohin, wo ich unbeobachtet war, wie um Atem zu schöpfen, mich zu besinnen auf etwas, das ich anscheinend bisher gewußt, jetzt aber plötzlich vergessen hatte, ohne das ich mich aber nirgends zeigen und keinesfalls existieren konnte.

Dann aber schien es mir, als verheimlichte ich etwas vor allen, was ich niemandem sagen durfte, während ich kleiner Kerl mich bis zu Tränen schämte.

Alsbald fühlte ich mich im Trubel, der mich umgab, recht vereinsamt. Es waren noch andere Kinder da – aber entweder jünger oder viel älter als ich; und im übrigen gingen sie mich nichts an. Natürlich hätte sich nichts mit mir ereignet, wenn ich nicht diese Ausnahmestellung eingenommen hätte. In den Augen aller dieser schönen Damen war ich noch das kleine, unentwickelte Geschöpf, das sie manchmal zu hätscheln liebten und mit

dem man spielen konnte wie mit einer kleinen Puppe. Besonders eine von
ihnen, eine bezaubernde Blondine mit üppigem, dichtem Haar, wie ich es
später nie mehr gesehen habe und sicherlich nie wieder sehen werde, hatte
sich anscheinend geschworen, mir keine Ruhe zu lassen. Mich verwirrte
und sie erheiterte das Lachen, das ringsum erscholl, das sie fortwährend
durch irgendeinen übermütigen Streich, den sie mir spielte, hervorrief,
was ihr sichtlich ein riesiges Vergnügen bereitete. Im Pensionat unter
ihren Freundinnen hätte man sie wahrscheinlich einen Frechdachs genannt. Sie war wunderschön, und es war etwas in dieser Schönheit, das
einem schon beim ersten Blick in die Augen fiel. Und sie hatte nichts von
jenen kleinen, schüchternen Blondinen an sich, die weiß sind wie Flaum
und zart wie weiße Mäuschen oder wie Pastorentöchter. Sie war nicht
groß und ein wenig voll, aber mit feinen, zarten, wunderbar gezeichneten
Gesichtszügen. Etwas wie Wetterleuchten war in diesem Gesicht – und
auch sie selbst war wie Feuer: lebendig, flink und leicht. Aus ihren großen, weit geöffneten Augen schienen Funken zu sprühen; sie strahlten
wie Diamanten, und nie würde ich diese blauen, blitzenden Augen gegen schwarze vertauschen, und wären sie schwärzer als die schwärzesten
Andalusierblicke, und meine Blondine war sogar jener berühmten Brü-
netten ebenbürtig, die ein bekannter und vorzüglicher Dichter besungen
und dazu noch in den erhabensten Versen bei ganz Kastilien geschworen
hatte, daß er bereit sei, sich alle Knochen brechen zu lassen, wenn ihm
gestattet würde, nur mit der Fingerspitze die Mantille seiner Schönen zu
berühren. Zu alledem kommt noch, daß *meine* Schöne die lustigste von
allen Schönen der Welt und die ausgelassenste Lachtaube war, übermütig
wie ein Kind, obgleich sie schon fünf Jahre verheiratet war. Nie schwand
das Lächeln von ihren Lippen, so frisch wie eine eben erblühte Rose am
Morgen, die unter dem ersten Sonnenstrahl ihre rote, duftende Knospe
geöffnet hat, auf der noch die kalten, großen Tautropfen nicht getrocknet
sind.

Ich erinnere mich, daß am zweiten Tag nach meiner Ankunft eine Lieb-
haberaufführung stattfand. Der Saal war, wie man zu sagen pflegt, ge-
stopft voll; nicht ein Platz war frei. Und da ich aus irgendeinem Grund zu

spät gekommen war, mußte ich mich an dem Spektakel stehend ergötzen. Aber das heitere Spiel lockte mich immer weiter nach vorne, und unbemerkt war ich bis an die vorderste Stuhlreihe gelangt, wo ich stehenblieb und mich an einen Sessel lehnte, in dem eine Dame saß. Es war meine Blondine; aber wir kannten einander noch nicht. Und da – wie von ungefähr – sah ich plötzlich ihre wundervoll gerundeten, verführerischen Schultern, üppig und weiß wie Milch, obwohl es mir ziemlich gleichgültig war, ob ich auf zwei wunderbare Frauenschultern oder auf eine Haube mit feuerfarbigen Bändern blickte, die den grauen Scheitel einer ehrwürdigen Dame in der ersten Reihe verbarg. Neben der Blondine saß eine überständige Jungfrau, eine von jenen, die sich, wie ich später oft bemerkte, immer in der Nähe jüngerer, schöner Frauen aufhalten, vorzüglich solcher, die junge Männer nicht durch ihr Benehmen vertreiben. Aber darum geht es jetzt nicht; doch diese Jungfrau hatte meine starren Blicke bemerkt, beugte sich zu ihrer Nachbarin und flüsterte ihr kichernd etwas ins Ohr. Die Nachbarin wandte sich plötzlich um, und ich erinnere mich, daß ihre feurigen Augen mich im Halbdunkel so anblitzten, daß ich – auf eine solche Begegnung nicht vorbereitet – wie gebrannt zusammenzuckte.

»Gefällt Ihnen, was gespielt wird?« fragte sie mich mit einem schlauen und spöttischen Blick.

»Ja«, antwortete ich, sie noch immer mit demselben Staunen betrachtend, was ihr offenbar gefiel.

»Aber warum stehen Sie? Sie müssen ja müde werden; haben Sie keinen Platz?« »Das ist es eben, daß ich keinen habe«, antwortete ich, diesmal mehr mit meiner Sorge beschäftigt als mit den sprühenden Augen der Schönen und aufrichtig erfreut, endlich ein gutes Herz gefunden zu haben, dem ich meinen Kummer offenbaren konnte, »Ich habe schon überall gesucht, aber alle Stühle sind besetzt«, fügte ich hinzu, als wollte ich mich bei ihr beschweren, daß alle Stühle besetzt waren.

»Komm her«, sagte sie lebhaft, ebenso rasch zu jedem Einfall wie zu jeder verrückten Idee entschlossen, die in ihrem launischen und eigenwilligen Kopf auftauchte, »komm her und setz dich auf meinen Schoß.«

»Auf den Schoß?« wiederholte ich verblüfft.

Ich habe schon gesagt, daß meine Privilegien mich ernstlich zu kränken und zu beschämen anfingen. Dieses Angebot – wie zum Spott gemacht – ging aber doch weit über alle anderen hinaus. Dazu wurde ich, an sich schon ein schüchterner und verschämter Knabe, jetzt vor allen diesen Frauen ganz besonders schüchtern und geriet deshalb in die größte Verlegenheit.

»Nun ja, auf den Schoß! Warum willst du nicht auf meinen Schoß?« wiederholte sie eigensinnig, wobei sie immer heftiger zu lachen anfing, so daß sie schließlich – weiß Gott weshalb – aus vollem Halse lachte, vielleicht über ihren eigenen Einfall oder vor Freude über meine Verlegenheit. Das hatte sie auch gewollt.

Ich wurde feuerrot und blickte verwirrt umher, ob ich nicht entschlüpfen könnte.

Aber sie kam mir zuvor, ergriff meine Hand, damit ich nicht fort könnte, zog sie an sich, drückte sie plötzlich zu meiner größten Verwunderung ganz unerwartet mit ihren unartigen, heißen Fingern sehr schmerzhaft zusammen und fing dann an, meine Finger umzubiegen, und zwar so schmerzhaft, daß ich große Anstrengungen machen mußte, um nicht aufzuschreien, und dazu schnitt ich lächerliche Grimassen. Zudem geriet ich in größte Verwunderung, Verwirrung, ja Entsetzen darüber, daß es, wie ich eben erfahren hatte, so spöttische und böse Damen gab, die mit Knaben derartigen Unsinn redeten und sie dabei weiß Gott warum und noch dazu vor allen Leuten so schmerzhaft zwickten. Wahrscheinlich war auf meinem unglücklichen Gesicht meine ganze Verdutztheit zu lesen, denn die Schelmin lachte mir geradezu wie toll ins Gesicht, wobei sie meine armen Finger immer ärger drückte und umbog. Sie war außer sich vor Vergnügen, daß es ihr gelungen war, einen armen Knaben zu verspotten, in Verwirrung zu bringen und zu demütigen. Meine Lage war verzweifelt. Erstens brannte ich vor Scham, weil sich fast alle ringsum nach uns umwandten, einige erstaunt, andere lachend, da sie sofort erraten hatten, daß die Schöne wieder etwas verbrochen hatte.

Außerdem hätte ich am liebsten geschrien, weil sie mir die Finger mit aller Gewalt umbog, eben weil ich nicht schrie. Ich war jedoch entschlossen, den Schmerz wie ein Spartaner zu ertragen, aus Angst, durch mein Geschrei Aufsehen zu verursachen, wonach mit mir Gott weiß was geschehen konnte. In meiner äußersten Verzweiflung nahm ich endlich den Kampf mit ihr auf und fing an, aus Leibeskräften meine Hand zurückzuzerren, aber mein Tyrann war stärker als ich. Schließlich ertrug ich es doch nicht mehr und schrie auf. Nur darauf hatte sie gewartet. Sie ließ mich sofort los und wandte sich ab, als wäre nichts vorgefallen, als hätte nicht sie den Streich verübt, sondern jemand anderes; ganz wie ein Schulbub, dem es gelungen ist kaum daß ihm der Lehrer den Rücken gewandt hat –, seinem Nachbarn einen Streich zu spielen, irgendeinen kleineren, schwächlichen Knaben zu zwicken, ihm einen Nasenstüber oder einen Puff zu versetzen, ihn mit dem Ellenbogen zu stoßen, um sich dann sofort wieder umzudrehen, zurechtzusetzen und mit solchem Eifer in sein Buch zu vertiefen, als brüte er über seiner Aufgabe, und auf diese Weise dem verärgerten Herrn Lehrer, der auf den Lärm hin wie ein Habicht herbeistürzte, eine Nase zu drehen.

Zum Glück für mich wurde die allgemeine Aufmerksamkeit in diesem Augenblick durch das meisterhafte Spiel unseres Hausherrn abgelenkt, der in dem gespielten Stück, einer Scribe-Komödie, die Hauptrolle spielte. Alle klatschten; und ich schlüpfte unter dem Lärm aus der Stuhlreihe und eilte in den entlegensten Winkel des Saales, von wo ich, hinter einer Säule versteckt, entsetzt auf die tückische Schöne blickte, sie lachte noch immer und hielt sich das Taschentuch vor den Mund. Und noch lange drehte sie sich um, suchte mich in allen Ecken – wahrscheinlich sehr betrübt, daß unsere tolle Balgerei so bald ihr Ende gefunden hatte, und überlegend, was sie noch anstellen könnte.

Damit begann unsere Bekanntschaft, und seit diesem ersten Abend wich sie keinen Schritt mehr von mir. Sie verfolgte mich schonungs- und gewissenlos, wurde meine Quälerin und meine Tyrannin. Die ganze Komik ihrer Streiche mit mir lief darauf hinaus, daß sie sich verliebt in mich stellte und mich vor allen Leuten lächerlich machte. Natürlich tat dies mir – einem ungehobelten Wilden – bis zu Tränen weh, so daß ich mich des öftern in einer so ernsten und kritischen Lage befand, daß ich mit meiner heimtückischen Anbeterin am liebsten gerauft hätte. Meine naive Verlegenheit, mein verzweifelter Schmerz schienen sie nur anzuspornen, mich noch mehr zu verfolgen. Sie kannte kein Erbarmen, ich aber wußte nicht, wo ich mich vor ihr verkriechen sollte. Das Gelächter, das ringsum erscholl und das sie immer wieder zu entfesseln wußte, trieb sie nur zu neuen Späßen an. Endlich fand man ihre Scherze etwas zu gewagt. Und wirklich, wenn ich jetzt zurückdenke, erlaubte sie sich zuviel mit einem Kinde, wie ich es war.

Aber das war eben ihr Charakter; sie war in jeder Hinsicht ein verwöhntes Kätzchen. Wie ich später erfuhr, wurde sie am meisten von ihrem eigenen Mann verzogen, einem sehr dicken, sehr kleinen, sehr rotbäkkigen, sehr reichen und wenigstens äußerlich sehr geschäftigen Herrn: quecksilbrig und unstet, konnte er keine zwei Stunden am selben Ort verbringen. Jeden Tag fuhr er von uns nach Moskau, manchmal auch zweimal, und immer, wie er behauptete, in Geschäften.

Etwas Fröhlicheres und Gutmütigeres als diese komische und dabei stets ehrbare Physiognomie kann man sich schwer vorstellen. Nicht genug, daß er in seine Frau bis zur Schwachheit, ja Lächerlichkeit verliebt war – er verehrte sie wie ein Götzenbild.

Er genierte sie in keiner Weise. Sie hatte Freunde und Freundinnen in Massen.

Erstens, weil jeder sie gern hatte, und zweitens, weil sie in ihrem Leichtsinn nicht wählerisch in bezug auf ihre Freundschaft war, obgleich sie ihrem eigentlichen Charakter nach viel ernster war, als ich eben geschildert habe. Von allen ihren Freundinnen liebte und zeichnete sie am meisten eine junge Dame aus, eine entfernte Verwandte von ihr, die sich ebenfalls in unserer Gesellschaft befand.

Zwischen ihnen bestand ein zartes, verfeinertes Verhältnis, eine jener Beziehungen, die sich manchmal zwischen zwei entgegengesetzten Charakteren anknüpfen, von denen der eine ernster, tiefer und reiner ist, während der andere in großer Demut und edler Selbsterkenntnis sich jenem liebend unterordnet, weil er die Überlegenheit des andern selbst erkennt und dessen Freundschaft als größtes Glück in seinem Herzen bewahrt.

Damit beginnt jene zarte, edle Differenziertheit der Beziehungen zweier Charaktere, mit Liebe und mit endloser Geduld auf der einen, mit Liebe und Hochachtung auf der anderen Seite – einer Hochachtung, die fast an Furcht grenzt, an Furcht um sich selber in den Augen der andern, so Hochgeschätzten, nebst dem eifersüchtigen, leidenschaftlichen Wunsch, mit jedem Schritt im Leben deren Herzen näherzukommen.

Beide Freundinnen waren gleich alt, aber in allem – angefangen mit ihrer Schönheit – waren sie unvergleichbare Gegensätze. Frau M. war ebenfalls sehr schön, doch ihre Schönheit hatte etwas Besonderes, was sie schroff von der Schar der anderen hübschen Frauen unterschied; es war etwas in ihrem Gesicht, was sofort alle unwiderstehlich anzog, oder besser gesagt, eine edle, erhabene Sympathie in dem weckte, der ihr begegnete. Es gibt so beglückende Gesichter. In ihrer Nähe fühlt sich jeder wohler, freier, wärmer, und doch blickten ihre traurigen, großen, feurigen und kraftvollen Augen schüchtern und unsicher, als drohte ihnen unausgesetzt etwas Feindliches und Schreckliches, und diese seltsame Schüchternheit warf bisweilen eine solche Trauer über ihr sanftes, mildes Antlitz, das an die lichten Züge einer italienischen Madonna erinnerte, daß man bei ihrem Anblick bald so traurig wurde, als wäre ihre Trauer das eigene Leid des andern. Dieses bleiche, abgemagerte Gesicht, in dem durch die makellose Schönheit der reinen, regelmäßigen Linien und die müde Strenge einer dumpfen, verborgenen Wehmut doch so oft das ursprüngliche, kindlich helle Wesen schimmerte, eine Erinnerung an noch nicht weit zurückliegende Jahre des Glaubens und vielleicht naiven Glücks, dieses stille, zaghafte, unsichere Lächeln – dies alles weckte eine so namenlose Teilnahme mit dieser Frau, daß im Herzen eines jeden unwillkürlich eine süße, heiße Besorgtheit aufstieg, die noch aus der Ferne laut für sie sprach und jeden Fremden für sie einnahm. Allein die Schöne schien schweigsam und verschlossen zu sein, obgleich niemand aufmerksamer und liebevoller sein konnte als sie, wenn jemand der Teilnahme bedurfte. Es gibt Frauen, die wie barmherzige Schwestern durchs Leben gehen. Vor ihnen braucht man nichts zu verheimlichen, wenigstens nichts von den Wunden und Schmerzen der Seele. Wer leidet, der geht kühn und vertrauensvoll zu ihnen, ohne Furcht, ihnen zur Last zu fallen, denn kaum einer unter uns weiß, welch eine unendliche Fülle duldender Liebe, des Mitleids und Verzeihens ein solches Frauenherz in sich schließt. Unendliche Reichtümer von Sympathie, Trost und Hoffnung sind in diesen reinen Herzen verborgen, die selbst oft Wunden tragen (denn ein Herz, das viel liebt, leidet auch viel), aber diese Wunden sorgfältig vor neugierigen Blicken verbergen, denn der tiefste Schmerz ist einsam und stumm.

Sie erschrecken weder vor der Tiefe der Wunde noch vor deren Eiter und Schmutz.

Wer ihnen naht, wird dadurch ihrer würdig; sie sind geboren zu Heldentaten ...

Frau M. war groß, biegsam und schlank, aber etwas zu mager. Ihre Bewegungen waren ungleich – bald langsam, gleitend, fast feierlich, bald wieder kindlich rasch; und gleichzeitig sprach aus allen ihren Gesten etwas Bebendes und Schutzloses, das aber niemanden um Hilfe bat oder anflehte.

Ich sagte schon, daß die unrühmlichen Anzüglichkeiten der heimtückischen Blondine mich beschämten, vergifteten und bis aufs Blut verwundeten. Aber das hatte noch einen geheimen, seltsamen und törichten Grund, den ich verbarg und für den ich zitterte wie Kastschej[*], und schon beim Gedanken daran, wenn ich allein mit meinem verworrenen Kopf irgendwo in einem einsamen, dunklen Winkel saß, wohin kein spöttischer Inquisitorenblick der blauäugigen Schelmin drang, beim bloßen Gedanken daran verging mir der Atem vor Verlegenheit, Scham und Furcht. Mit einem Wort, ich war verliebt! Nicht doch! ich rede Unsinn; das war ja ganz unmöglich! Aber warum fesselte unter allen Gesichtern, die mich umgaben, nur ein Gesicht meine Aufmerksamkeit? Warum liebte ich es nur, ihr mit den Blicken zu folgen, obgleich mir damals noch nichts daran gelegen war, Damen nachzuschauen und ihre Bekanntschaft zu machen?

Das geschah meist abends, wenn die unfreundliche Witterung alle ins Zimmer verbannte und wenn ich, einsam irgendwo in einem Winkel des

---

[*] Der Zauberer im russischen Märchen (Anm. des Übersetzers).

Saales versteckt, ziellos umherblickte und keine andere Beschäftigung für mich wußte, denn außer meiner Peinigerin sprach selten jemand ein Wort mit mir, so daß ich mich an solchen Abenden unerträglich langweilte. Dann musterte ich die Gesichter ringsherum, horchte auf die Gespräche, von denen ich oft nicht ein Wort verstand, und so kam es, daß der stille Blick, das sanfte Lächeln und das schöne Antlitz der Frau M. (denn sie war es!) meine bezauberte Einbildungskraft gefangennahmen, und dieser seltsam ungewisse, aber unaussprechlich süße Eindruck verwischte sich nicht wieder. Oft konnte ich mich stundenlang nicht von ihr losreißen; ich lernte jede Geste, jede ihrer Bewegungen auswendig, lauschte auf jede Nuance ihrer vollen, silbernen, nur etwas dumpf klingenden Stimme – und seltsam! all diese Beobachtungen weckten in mir neben dem bangen süßen Grundgefühl eine unbegreifliche Neugierde. Es sah aus, als sollte ich in irgendein Geheimnis eindringen.

Am qualvollsten waren mir die Spöttereien in Gegenwart der Frau M. Diese Spöttereien und die komischen Angriffe entwürdigten mich sogar nach meinen damaligen Begriffen. Und wenn ein allgemeines Gelächter auf meine Kosten ertönte, in das auch Frau M. hin und wieder unwillkürlich einstimmte, riß ich mich verzweifelt, außer mir vor Schmerz, von meinen Peinigern los und floh in mein Zimmer, wo ich den Rest des Tages sitzen blieb, ohne es zu wagen, mein Gesicht im Saal zu zeigen. Übrigens verstand ich selbst weder meine Scham noch meine Erregung; den ganzen Prozeß machte ich unbewußt durch. Mit Frau M. hatte ich noch kaum zwei Worte gewechselt und hätte es auch nie gewagt.

Einmal jedoch, es war am Abend eines für mich unerträglichen Tages, hatte ich mich auf einem Spaziergang von der übrigen Gesellschaft abgesondert und schlich todmüde durch den Garten nach Hause. Da sah ich in einer einsamen Allee auf einer Bank Frau M. sitzen. Sie saß mutterseelenallein, als hätte sie absichtlich diesen abgelegenen Fleck ausgesucht, hielt den Kopf auf die Brust gesenkt und spielte mechanisch mit ihrem Taschentuch. Sie war so in Gedanken versunken, daß sie nicht hörte, wie ich herankam.

Als sie mich bemerkte, stand sie schnell auf und wandte sich ab, aber ich bemerkte, wie sie hastig ihre Augen mit dem Taschentuch trocknete. Sie hatte geweint. Als sie ihre Tränen getrocknet hatte, lächelte sie mich an und ging mit mir auf das Haus zu. Ich erinnere mich nicht mehr, worüber wir sprachen; aber sie schickte mich alle Augenblicke unter irgendeinem Vorwand weg: bald um eine Blume zu pflücken, bald um nachzusehen, wer die benachbarte Allee entlangreite. Und jedesmal, wenn ich mich von ihr entfernte, hob sie sogleich wieder das Taschentuch an ihre Augen, um die ungehorsamen Tränen zu trocknen, die sie nicht in Ruhe lassen wollten, immer neu aus ihrem Herzen emporquollen und ihren armen Augen entströmten. Ich begriff, daß ich ihr augenscheinlich recht lästig war, weil sie mich fortwährend wegschickte, und sie selbst sah, daß ich alles bemerkte, konnte sich aber nicht beherrschen, was mich noch mehr zu ihr hinzog. Ich zürnte mir selbst in diesem Augenblick bis zur Verzweiflung, verwünschte meine Unbeholfenheit und mangelnde Geistesgegenwart, wußte aber nicht, wie ich sie am schicklichsten allein lassen konnte, ohne ihr zu zeigen, daß ich ihren Kummer bemerkt hatte. So ging ich neben ihr in trübem Staunen, ja Schrecken her, ganz außer Fassung und unfähig, auch nur ein Wort hervorzubringen, um unser versiegendes Gespräch in Fluß zu halten.

Diese Begegnung hatte mich so überrascht, daß ich in heftiger Neugierde den ganzen Abend über Frau M. heimlich beobachtete und sie nicht aus den Augen ließ. Zweimal ertappte sie mich mitten in meiner Beobachtung, das zweitemal aber lächelte sie, als sie mich bemerkte. Es war ihr einziges Lächeln an dem ganzen Abend. Die Trauer war noch nicht aus ihrem Antlitz geschwunden, das jetzt auffallend bleich war. Die ganze Zeit über sprach sie leise mit einer älteren Dame, einer bösen und üblen Klatschbase, die wegen ihrer Spionage und ihrer Intrigen von niemandem geliebt, wohl aber von allen gefürchtet wurde, so daß man ihr gezwungenermaßen immer Entgegenkommen zeigen mußte.

Gegen zehn Uhr erschien Frau M.s Gatte. Ich hatte sie bis dahin scharf beobachtet, ohne die Augen von ihrem traurigen Gesicht zu wenden; nun sah ich beim plötzlichen Erscheinen ihres Mannes, wie sie zusammenfuhr und ihr ohnehin bleiches Gesicht weiß wurde wie ein Tuch. Dies war so auffällig, daß auch einige andere Personen es bemerkten. Ich schnappte ein paar Brocken eines abseits geführten Gespräches auf, aus dem ich erriet, daß es Frau M. nicht wohl war. Man sagte, daß ihr Mann eifersüchtig wie ein Mohr sei, aber nicht aus Liebe, sondern aus Eigenliebe. Er war vor allem ein Europäer, ein moderner Mensch, voll neuer Ideen, auf die er sich viel einbildete. Äußerlich war er ein schwarzhaariger, großer, sehr kräftiger Herr mit englischem Backenbart, selbstzufriedenem, rosigem Gesicht, milchweißen Zähnen und einwandfreiem Gentlemanbenehmen. Man nannte ihn einen *klugen Mann*. So nennt man in gewissen Kreisen eine Sorte von Dickwänsten auf Kosten des Menschengeschlechts, die nichts tun, die nichts tun wollen und die von dem ewigen Faulenzen und Nichtstun an Stelle des Herzens ein Stück Fett haben. Von ihnen kann man jeden Augenblick hören, daß sie infolge irgendwelcher höchst verwickelter, feindlicher Verhältnisse, die »ihr Genie niederhielten«, so daß sie es »leid seien, zusehen« zu müssen, nichts zu tun hätten. Das ist ihre stolze Phrase, ihr mot d'ordre, ihre Parole und Losung, eine Phrase, die unsere satten Dickwänste überall von sich geben, so daß sie einem längst zum Überdruß geworden ist, denn es steckt nichts dahinter als Tartufferie und leeres Geschwätz. Übrigens haben einige dieser Spaßvögel, die keine Arbeit finden können (weil sie nie eine gesucht haben), den Ehrgeiz, anderen weiszumachen, daß sie an Stelle des Herzens keinen Fettklumpen, sondern vielmehr, ganz allgemein gesprochen, etwas *sehr Tiefes* hätten; was es aber ist, vermöchte auch der größte Chirurg nicht zu sagen – natürlich aus Höflichkeit. Diese Herren schlagen sich damit durch die Welt, daß sie alle ihre Instinkte auf Spötterei, kurzsichtige Verurteilung und maßlosen Hochmut verwenden. Weil sie weiter nichts zu tun haben, als fremde Fehler und Schwächen zu beobachten und anzuprangern, und weil sie nicht mehr Wohlwollen besitzen, als einer Auster verliehen ist, fällt es ihnen bei derartigen Schutzvorrichtungen nicht schwer, mit den Menschen auszukommen.

Damit tun sie ungemein groß. Sie sind zum Beispiel fest überzeugt, daß die ganze Welt ihnen dienstbar sein müsse; daß sie die Welt wie eine Auster verspeisen könnten, daß alle außer ihnen selbst Dummköpfe seien, daß sie jeden wie eine Apfelsine oder einen Schwamm auspressen könnten, wenn sie den Saft nötig hätten, daß sie Herr über alles seien und daß diese ganz löbliche Weltordnung eben darauf beruhe, daß sie so kluge und charaktervolle Leute seien. In ihrem maßlosen Stolz sehen sie an sich keine Fehler. Sie gleichen jener Sorte von Gaunern, geborenen Tartuffes und Falstafts, die sich so weit verstiegen haben, daß sie zu guter Letzt selbst glauben, daß es so sein müsse, das heißt, daß die Welt dazu da sei, in ihr zu leben und zu gaunern. Man hat ihnen so oft versichert, daß sie ehrliche Leute seien, daß sie sich zuletzt für ehrliche Leute halten und meinen, ihre Gaunereien seien ein durchaus ehrbares Handwerk. Zu einer gewissenhaften Selbstbeurteilung, einer vornehmen Selbsteinschätzung reicht es bei ihnen nicht aus; für manche Dinge haben sie ein zu dickes Fell. An erster Stelle steht für sie immer und überall die eigene werte Person, ihr Moloch und Baal, ihr kostbares Ich. Die ganze Natur, die ganze Welt ist für sie nicht mehr als ein vorzüglicher Spiegel, eben dazu geschaffen, daß der kleine Gott sich unausgesetzt darin betrachten könne und außer sich selber nichts und niemanden sehe. Daher ist es auch nicht verwunderlich, daß er alles in der Welt nur in verzerrter Gestalt sieht. Für alles hat er eine fertige Phrase bereit, und zwar – darin zeigt sich seine größte Gewandtheit – immer die allermodernste Phrase. Sie dienen auch dieser Mode, indem sie an allen Straßenecken die Gedanken, deren Erfolg sie wittern, verkünden. Sie haben eine gute Witterung dafür, eine solche moderne Phrase aufzuspüren und sich vor allen andern anzueignen, so daß es den Anschein hat, als wäre sie von ihnen aufgebracht worden. Besonders haben sie einen großen Vorrat an Phrasen bereit, wenn es gilt, ihre tiefste Sympathie für die Menschheit zum Ausdruck zu bringen, etwa festzustellen, was man unter echter, richtiger und durch die Vernunft gerechtfertigter Philanthropie zu verstehen habe, und endlich unablässig jegliche Romantik zu tadeln, das heißt, alles Schöne und Wahre, von dem ein Atom mehr wert ist als ihre ganze Molluskennatur. Aber roh wie sie sind, erkennen sie die Wahrheit nicht, wenn sie sich ihnen in einer unbestimmten, unfertigen Übergangsform offenbart; sie stoßen alles zurück, was noch nicht reif ist, was noch kocht und gärt. Der wohlgenährte Mann

hat sein ganzes Leben lustig verbracht, hat stets an gedeckten Tischen gesessen, hat nie selbst etwas geschaffen und weiß daher nicht, wie schwierig
alles wirkliche Schaffen ist; darum wehe, wenn sein Fett an irgendeine
Kante stößt; er wird es nie verzeihen, nie vergessen und sich mit Wonne
bei der nächsten Gelegenheit rächen. So kommt denn heraus, daß mein
Held nichts als ein riesiger aufgeblasener Sack voller Tendenzen, moderner Phrasen und Schlagworte jeder Art und Sorte war.

Übrigens hatte Herr M. auch Eigenarten und war überhaupt ein bemer-
kenswerter Mann: ein Witzbold, Schwätzer und Erzähler, um den sich in
den Salons immer ein Kreis bildete. An jenem Abend machte er besonders Eindruck. Er beherrschte die Unterhaltung; er war in Stimmung,
lustig, freute sich über etwas und veranlaßte alle, ihn zu beachten. Frau
M. dagegen war scheints krank; ihr Gesicht war so traurig, daß jeden
Augenblick an ihren langen Wimpern wieder die Tränen zu erscheinen
drohten. Dies alles entsetzte und erstaunte mich. Ich ging, wie gesagt,
mit dem Gefühl einer seltsamen Neugierde fort und träumte die ganze
Nacht von Herrn M., während ich bisher selten von häßlichen Träumen
geplagt worden war.

Am andern Morgen in aller Frühe rief man mich zur Probe lebender
Bilder, in denen ich eine Rolle hatte. Die lebenden Bilder, eine Theaterauf-
führung und dann ein Ball – alles sollte an einem Abend stattfinden, und
zwar schon in fünf Tagen, anläßlich eines Familienfestes, des Geburtstags
der jüngsten Tochter unseres Hausherrn. Zu diesem halb improvisierten
Fest waren aus Moskau und von den benachbarten Gütern noch gegen
hundert Gäste geladen, so daß es sehr viel Laufereien, Mühe und Arbeit
gab. Die Probe oder richtiger die Inspektion der Kostüme war zu einer
sehr ungelegenen Zeit, nämlich frühmorgens, angesagt, weil der Regisseur, der bekannte Maler R., ein Freund und Gast unseres Wirts, der es
aus Freundschaft übernommen hatte, die Bilder zu erfinden und zu stellen, noch in aller Eile nach Moskau mußte, um Requisiten und verschiedenes andere für das Fest zu besorgen. Es war also keine Zeit zu verlieren.

Ich stand in einem Bild mit Frau M. Es war eine Szene aus dem Mittelalter und hieß: »Die Schloßherrin und ihr Page.«

Ich verspürte eine mir unerklärliche Verlegenheit, als ich mit Frau M. auf der Probe zusammentraf. Es war mir, als müßte sie mir alle meine Gedanken an den Augen ablesen, alle meine Zweifel und Vermutungen, die seit gestern in meinem Kopfe umgingen. Zudem fühlte ich mich vor ihr schuldig, weil ich sie gestern in Tränen überrascht und ihren Schmerz gestört hatte, so daß sie gezwungen war, in mir einen unangenehmen Zeugen und ungebetenen Mitwisser ihres Geheimnisses zu sehen. Aber gottlob, die Sache verlief ohne besondere Unannehmlichkeiten; man bemerkte mich gar nicht. Sie hatte anscheinend an andere Dinge zu denken als an mich und die Probe; sie war zerstreut, traurig und finster nachdenklich; man sah es ihr an, daß eine große Sorge sie quälte. Als meine Rolle zu Ende war, lief ich fort, um mich umzukleiden, und kam nach zehn Minuten auf die Veranda im Garten. Fast im selben Augenblick kam Frau M. zu einer anderen Tür herein, und zugleich erschien ihr selbstbewußter Gatte, der aus dem Garten kam, wohin er eben eine ganze Gruppe Damen geleitet hatte, um sie dort einem unbeschäftigten cavalier servant zu übergeben. Die Begegnung zwischen Mann und Frau erfolgte offenbar unerwartet; Frau M. wurde weiß Gott warum verlegen, und ein leichter Ärger zuckte in ihrer ungeduldigen Bewegung auf. Ihr Gemahl, der sorglos eine Arie gepfiffen und während seiner ganzen Wanderung tiefsinnig seine Bartkoteletten gestrichen hatte, zog beim Anblick seiner Gattin ein finsteres Gesicht und musterte sie, wie ich mich noch deutlich erinnere, mit inquisitorischen Blicken.

»Wollen Sie in den Garten?« fragte er, als er den Sonnenschirm und ein Buch in ihren Händen bemerkte.

»Nein, ins Wäldchen«, antwortete sie und errötete leicht.

»Allein?« »Mit dem da …« sagte Frau M. und zeigte auf mich. »Ich gehe morgens immer allein spazieren«, fügte sie mit unsicherer, undeutlicher Stimme hinzu, wie ein Mensch, der zum erstenmal im Leben lügt.

»Hm …Und ich habe gerade eine ganze Gesellschaft hingeleitet. Sie versammeln sich alle bei der Rosenlaube, um Herrn N-skij das Geleit zu geben. Er reist ab, wie Sie wissen werden. Es ist bei ihm zu Hause in Odessa irgendwas passiert.

...Ihre Cousine« – er sprach von der Blondine – »lacht und weint in einem Atemzuge – es ist nicht klug daraus zu werden. Sie sagte mir übrigens, daß Sie sich über N. geärgert hätten und ihn deshalb nicht begleiten wollten. Das ist natürlich Unsinn?«

»Sie scherzt«, antwortete Frau M. auf den Stufen der Veranda.

»Also das ist Ihr täglicher cavalier servant?« sagte Herr M., verzog den Mund und richtete sein Lorgnon auf mich.

»Ihr Page!« rief ich, erzürnt über den Spott und das Lorgnon, lachte ihm ins Gesicht und sprang über drei Stufen der Terrasse auf einmal.

»Viel Vergnügen!« brummte Herr M. und ging seines Weges.

Ich war selbstverständlich sofort zu Frau M. getreten, als sie ihren Mann auf mich hinwies, und hatte sie angesehen, als hätte sie mich schon vor einer Stunde aufgefordert und als ginge ich schon seit einem Monat jeden Morgen mit ihr spazieren. Aber ich konnte durchaus nicht begreifen, warum sie so verlegen geworden war und was sie im Sinn hatte, als sie zu dieser kleinen Lüge ihre Zuflucht nahm. Warum hatte sie nicht einfach gesagt, sie ginge allein? Nun wußte ich nicht, wie ich sie anblicken sollte; doch erstaunt und bestürzt begann ich ihr überaus naiv von unten ins Gesicht zu spähen; aber genau wie vorher während der Probe schien sie weder meine Blicke noch meine stummen Fragen zu bemerken.

Derselbe qualvolle Kummer, nur noch augenfälliger und tiefer als vordem, spiegelte sich in ihrem Gesicht, in ihrer Erregung und in ihrem Gang wider.

Sie eilte irgendwohin, beschleunigte ihren Schritt immer mehr und blickte voll Unruhe in jede Allee, jeden Seitenweg des Wäldchens, immer nach dem Garten zurückgewandt. Auch ich erwartete etwas. Plötzlich ertönte hinter uns Pferdegetrappel. Es war ein ganzer Trupp Reiter und Reiterinnen, die Herrn N-skij begleiteten, der so plötzlich unsere Gesellschaft verließ.

Unter den Damen war auch meine Blonde, von deren Tränen Herr M. gesprochen hatte. Aber nach ihrer Gewohnheit lachte sie wie ein Kind und galoppierte wie toll auf ihrem herrlichen Braunen heran. Als sie uns erreicht hatten, zog Herr N-skij den Hut, hielt aber nicht an und sagte kein

Wort zu Frau M. Bald war der ganze Schwarm unseren Augen entschwunden. Ich blickte auf Frau M. und hätte vor Staunen fast aufgeschrien: sie stand da, weiß wie ein Tuch, und große Tränen quollen aus ihren Augen. Zufällig trafen sich unsere Blicke; Frau M. errötete, wandte sich für einen Moment ab, und Unruhe und Ärger huschten über ihr Gesicht. Ich war überflüssig, noch mehr als gestern – das war klarer als der Tag, aber wohin sollte ich gehen?

Plötzlich schlug Frau M., als wäre ihr plötzlich etwas eingefallen, das Buch auf, das sie in der Hand trug, und sagte: errötend und offenbar bemüht, mich nicht anzusehen, als hätte sie es erst jetzt bemerkt: »Ach! das ist ja der zweite Band, ich habe mich geirrt; bitte, bring mir den ersten.« Wie sollte ich das nicht verstehen? Meine Rolle war beendet, und man konnte mich auf keine einfachere Art fortschicken.

Ich lief mit ihrem Buch davon und kam nicht zurück. Der erste Band blieb an diesem Morgen ruhig auf dem Tisch liegen …

Aber ich war außer mir; mein Herz klopfte ununterbrochen wie in wildem Schrecken. Ich gab mir die größte Mühe, Frau M. nicht noch einmal über den Weg zu laufen. Dafür betrachtete ich mit einer Art wilder Neugierde die selbstbewußte Person des Herrn M., als ob an ihm etwas ganz Besonderes wäre.

Ich begreife noch jetzt nicht, was der Grund meiner komischen Neugierde war; ich weiß nur, daß ich aus dem seltsamen Erstaunen über alles, was ich an diesem Morgen erlebt hatte, nicht herauskam. Aber mein Tag hatte erst begonnen, und er sollte für mich sehr erlebnisreich werden.

Es wurde diesmal sehr früh zu Mittag gegessen. Gegen Abend war eine Vergnügungsfahrt in ein nahegelegenes Dorf verabredet, wo ein Volksfest gefeiert wurde, und man brauchte Zeit, sich zurechtzumachen. Ich träumte schon drei Tage lang von dieser Fahrt und erwartete eine Unmenge Vergnügungen.

Den Kaffee tranken fast alle auf der Veranda; ich schlich vorsichtig den anderen nach und verbarg mich hinter einer dreifachen Reihe von Stühlen. Die Neugierde lockte mich, und doch wollte ich mich um nichts in der Welt vor Frau M. blicken lassen. Aber dem Zufall hatte es gefallen, mich in die Nähe meiner blonden Verfolgerin zu bringen. Diesmal war mit ihr ein Wunder geschehen, etwas ganz Unmögliches: sie war doppelt so schön. Ich weiß nicht, wie und woher das kommt, aber mit Frauen ereignen sich solche Wunder nicht selten.

Wir hatten übrigens einen neuen Gast, einen langen, bleichen jungen Menschen, einen eifrigen Verehrer unserer Blondine, der eben aus Moskau gekommen war – fast hätte man glauben können, nur zu dem Zweck, um den abgereisten N-skij zu ersetzen, von dem das Gerücht ging, daß er wahnsinnig in unsere Schöne verliebt gewesen sei. Was aber den Ankömmling betrifft, so stand er seit langem zu ihr in einem ähnlichen Verhältnis wie Benedikt zu Beatrice in Shakespeares »Viel Lärm um nichts«. Mit einem Wort, unsere Schöne triumphierte heute den ganzen Tag. Ihre Scherze und ihr Geplauder waren so graziös, so zutraulich naiv, so verzeihlich ungeschickt; sie war mit so graziösem Selbstbewußtsein überzeugt, daß alles von ihr entzückt sei, daß man sich tatsächlich stets um sie drängte. Der enge Kreis bewundernder, begeisterter Zuhörer um sie herum löste sich nicht auf, und noch nie war sie bezaubernder gewesen.

Jedes Wort wirkte verführerisch und verblüffend; man fing es auf, gab es weiter, und kein Scherz, kein Streich von ihr verfehlte seine Wirkung. Niemand schien bei ihr soviel Geschmack, Glanz und Geist vermutet zu haben. Gerade ihre besten Eigenschaften verschwanden sonst in einem Meer von Eigensinn, Tollheit und Schadenfreude, die oft an Narrheit grenzten; man bemerkte sie fast nie; bemerkte sie aber jemand, glaubte er ihr nicht, so daß ihr gegenwärtiger außerordentlicher Erfolg mit einem allgemeinen erregten Flüstern des Staunens aufgenommen wurde.

Zu diesem Erfolg trug übrigens noch ein besonderer, ziemlich kitzliger Umstand bei, wenigstens nach der Rolle zu urteilen, die Frau M.s Gatte in diesem Augenblick spielte. Die Schelmin hatte nämlich beschlossen – und es muß dazu bemerkt werden: fast zu aller oder doch zum mindesten sämtlicher junger Leute Vergnügen –, ihn energisch anzugreifen, aus vielen, in ihren Augen wohl recht triftigen Gründen. Sie begann mit ihm ein Geplänkel geistreicher Anzüglichkeiten, Spöttereien, Sarkasmen unwiderstehlichster, schlüpfrigster, hinterlistigster, verstecktester und unangreifbarster Art, die gerade ins Ziel treffen, aber keinen Anhalt für die Abwehr bieten, das Opfer nur durch unfruchtbare Anstrengungen ermüden, indem sie es zur Wut reizen und in lächerliche Verzweiflung versetzen.

Ich weiß es nicht mehr genau, glaube aber, daß dieser Angriff geplant und nicht nur improvisiert war. Schon beim Mittagessen begann dieser verzweifelte Zweikampf. Ich sage »verzweifelte«, weil Herr M. die Waffen nicht so leicht streckte. Er mußte seine ganze Geistesgegenwart, seinen ganzen Scharfsinn, seine ganze seltene Findigkeit zu Hilfe rufen, um nicht in den Staub geworfen, aufs Haupt geschlagen zu werden und sich mit Schmach zu bedecken. Diese Sache spielte sich unter ständigem, unbändigem Gelächter aller Zeugen und Teilnehmer des Kampfes ab. Wenigstens war das Heute nicht das Gestern für ihn. Einige Male machte Frau M. unverkennbare Versuche, ihre unvorsichtige Freundin zurückzuhalten, die ihrerseits den eifersüchtigen Gatten in das lächerlichste Narrengewand stecken wollte, vermutlich in das eines Blaubarts, nach allen Umständen zu schließen, die mir in Erinnerung geblieben sind, und schließlich nach der Rolle, die ich selber in diesem Scharmützel spielen sollte.

Es geschah ganz plötzlich, auf die lächerlichste Weise, völlig unerwartet, und wie verabredet stand ich im gleichen Augenblick allen sichtbar da, ohne etwas Böses zu vermuten und sogar meine bisherigen Vorsichtsmaßnahmen vergessend.

Plötzlich wurde ich in den Vordergrund geschoben – als geschworener Feind und natürlicher Nebenbuhler des Herrn M., als leidenschaftlicher, grenzenlos verliebter Anbeter seiner Frau, was meine Peinigerin sofort durch einen Schwur bekräftigte. Sie gab ihr Wort, behauptete, Beweise zu besitzen, da sie erst heute im Walde gesehen hätte …

Aber sie kam nicht zu Ende, ich unterbrach sie in dem für mich entsetzlichsten Augenblick. Dieser Augenblick war so gottlos berechnet, so heimtückisch als Abschluß, als närrische Lösung des Knotens vorbereitet und so unsagbar komisch inszeniert, daß eine unhemmbare allgemeine Lachsalve diesen letzten Streich beantwortete. Und obgleich ich schon damals erriet, daß diese höchst ärgerliche Rolle nicht eigentlich für mich berechnet war, so war ich doch so verwirrt, gereizt und erschreckt, daß ich voller Tränen, Schmerz und Verzweiflung und vor Scham erstickend durch zwei Reihen Sessel nach vorne stürmte, mich an meine Peinigerin wandte und mit tränen- und wuterstickter Stimme schrie: »Und Sie schämen sich nicht ... laut ... vor allen Damen ... so eine klägliche ... Unwahrheit! Als wären Sie selbst ... noch klein ... vor allen Männern ... Was werden sie sagen? ... Sie ... Sie ... erwachsen ... verheiratet ...!« Aber ich konnte nicht fortfahren – es erscholl ein betäubendes Geklatsche.

Mein Ausfall machte geradezu Furore. Meine naiven Gesten, meine Tränen und vor allem, daß ich gleichsam als Verteidiger des Herrn M. auftrat – dies alles entfesselte ein solches Höllengelächter, daß mir noch jetzt, bei der bloßen Erinnerung daran, ganz lächerlich zumute wird ... Ich war verdutzt, halb wahnsinnig vor Entsetzen, und aufflammend wie Pulver, das Gesicht mit den Händen bedeckend, stürzte ich hinaus, stieß in der Tür mit einem Lakaien zusammen, der sein Tablett fallen ließ, und flog hinauf in mein Zimmer. Ich riß den Schlüssel aus der Tür und sperrte mich ein. Ich hatte recht getan, denn man verfolgte mich. Es war kaum eine Minute vergangen, als meine Tür von einem ganzen Schwarm der reizendsten Damen belagert wurde. Ich hörte ihr helles Lachen, ihre hastigen Reden, ihre klingenden Stimmen; sie zwitscherten alle durcheinander wie die Schwalben. Alle ohne Ausnahme baten, flehten, die Tür nur für einen Augenblick zu öffnen; sie schworen, daß mir nicht das kleinste Unheil widerfahren würde, daß sie mich nur totküssen wollten. Aber ... was konnte schlimmer sein als diese neue Drohung? Glühend vor Scham lag ich hinter meiner Tür, den Kopf in den Kissen versteckt, machte nicht auf und gab keinen Laut von mir. Lange noch klopften und flehten sie, aber ich blieb gefühllos und taub, wie nur ein Elfjähriger es sein kann.

Was sollte ich nun anfangen? Alles war offenbar, alles war entdeckt, alles, was ich so eifersüchtig in mir versteckt und gehütet hatte! Ich war mit ewiger Schmach und Schande bedeckt! In Wahrheit hätte ich selbst nicht sagen können, wovor ich mich eigentlich entsetzte und was ich so zu verbergen suchte; aber ich fürchtete für etwas, und vor der Entdeckung dieses *Etwas* zitterte ich jetzt wie Espenlaub. Nur eines hatte ich bis zu diesem Augenblick nicht gewußt: ob es etwas Geziemendes oder Ungeziemendes, etwas Rühmliches oder Unrühmliches war. Nun hatte ich unter Qualen und unsagbaren Leiden erfahren, daß dieses Etwas *lächerlich* und *beschämend* war! Mein Instinkt sagte mir schon damals, daß ein solches Urteil verlogen, unmenschlich und gefühllos sei, aber ich war geschlagen, vernichtet; der Denkprozeß in mir war gleichsam stehengeblieben und in Verwirrung geraten. Ich konnte diesem Urteil nichts entgegensetzen, es nicht einmal gründlich überdenken; ich war wie benebelt, fühlte nur, daß mein Herz unmenschlich, schamlos verwundet war, und löste mich in hilflosen Tränen auf. Ich war erschüttert; in mir kochten Abscheu und ein Haß, den ich bisher noch nicht gekannt hatte, denn es war zum erstenmal, daß mir ein ernstes Leid, eine Kränkung, eine Beleidigung widerfuhr; und alles war tatsächlich so, ohne jede Übertreibung. In mir, einem Kind, war das erste, noch unschuldige und unentwickelte Gefühl roh angetastet, war so früh das erste keusche Schamgefühl entblößt und geschmäht und ein vielleicht schon ernstes ästhetisches Empfinden verspottet worden. Natürlich wußten und ahnten die Spötter vieles von meinen Qualen gar nicht. Zur Hälfte kam dazu noch ein geheimer Umstand, den zu ergründen ich bisher weder die Zeit noch den Mut gehabt hatte. In Schmerz und Verzweiflung blieb ich auf meinem Bett liegen, mein Gesicht in den Kissen versteckt; Hitze und Kälte überliefen mich abwechselnd.

Zwei Fragen quälten mich: Was hatte oder was konnte die widerliche Blondine heute im Wäldchen zwischen mir und Frau M. beobachtet haben? Und schließlich die zweite Frage: Wie, mit was für Augen kann ich jetzt Frau M. ins Gesicht sehen, ohne vor Scham und Verzweiflung auf der Stelle in den Erdboden zu versinken?

Ein ungewöhnlicher Lärm im Hof weckte mich endlich aus der halben Bewußtlosigkeit, in der ich mich befand. Ich stand auf und ging ans Fenster.

Der ganze Hof war voller Wagen, Reitpferde und geschäftiger Bedienter.

Wie es schien, war alles zur Abfahrt bereit. Einige Reiter saßen schon im Sattel; andere Gäste suchten ihre Plätze in den Wagen ... Jetzt fiel mir wieder die geplante Ausfahrt ein, und allmählich bemächtigte sich meiner eine Unruhe; ich hielt angelegentlich Ausschau nach meinem Klepper im Hofe; aber er war nicht da – man hatte mich vergessen. Da hielt ich es nicht mehr aus und rannte spornstreichs hinunter, ohne an etwaige peinliche Zusammenstöße oder an meine eben erlebte Schmach zu denken.

Eine schreckliche Neuigkeit erwartete mich. Für mich war weder ein Pferd noch ein Platz in einem Wagen vorgesehen; alles war vergeben, besetzt, und ich mußte verzichten.

Von neuem Schmerz betroffen, blieb ich vor der Haustür stehen und blickte traurig auf die lange Reihe der Kutschen, Wagen und Kabrioletts, in denen sich auch nicht das bescheidenste Plätzchen für mich fand, und auf die geputzten Reiterinnen, unter denen die ungeduldigen Rosse stampften.

Ein Reiter hatte sich verspätet. Man wartete nur noch auf ihn, um aufzubrechen.

Vor der Anfahrt stand sein Pferd, biß in den Zaum, scharrte mit den Hufen im Sand, bäumte sich jeden Augenblick vor Schreck und zitterte. Zwei Stallknechte hielten es vorsichtig am Zügel, und alles hielt sich ängstlich in ehrfurchtsvoller Entfernung von dem Tier.

In der Tat, es war ein höchst ärgerlicher Umstand eingetreten, der es mir unmöglich machte mitzufahren. Abgesehen davon, daß neue Gäste gekommen waren, die alle übrigen Pferde und Plätze in Beschlag genommen hatten, waren auch mehrere Pferde erkrankt, von denen eines mein Klepper war. Doch nicht ich allein hatte unter diesem Umstand zu leiden: es erwies sich, daß auch für unsern neuen Gast, den blonden jungen Mann, den ich schon erwähnt habe, kein Pferd mehr vorhanden war. Um Unannehmlichkeiten zu vermeiden, hatte unser Wirt zu einem sehr gewagten Mittel greifen müssen: seinen wilden, noch nicht eingerittenen Hengst zu empfehlen und zur Beruhigung seines Gewissens hinzuzufügen, daß man auf dem Tier gar nicht reiten könne und daß schon längst beschlossen sei, es wegen seiner Wildheit zu verkaufen, wenn sich nur ein Käufer finden wollte. Aber der so gewarnte neue Gast hatte erklärt, daß er ganz ordentlich reite und in jedem Fall bereit sei mitzureiten, koste es was es wolle, nur um dabeizusein. Der Wirt hatte geschwiegen, aber jetzt schien es mir, als spielte ein zweideutiges, heimtückisches Lächeln auf seinen Lippen. In Erwartung des großsprecherischen Reiters hatte er sein eigenes Pferd noch nicht bestiegen, rieb sich ungeduldig die Hände und sah jeden Augenblick nach der Tür. Ein ähnliches Gefühl schien sich auch der zwei Knechte bemächtigt zu haben, die das Pferd hielten und sich vor Stolz blähten, da sie sich vor dem gesamten Publikum als Bändiger eines Rosses sahen, das jeden Augenblick mir nichts, dir nichts einen Menschen ums Leben bringen konnte. Etwas von dem schlauen Lächeln ihres Barins schimmerte auch in ihren erwartungsvoll vorquellenden und ebenfalls. nach der Tür starrenden Augen, aus welcher der waghalsige Fremde treten sollte. Schließlich verhielt sich auch das Pferd, als hätte es sich mit dem Herrn und den Knechten verabredet; es stand stolz und herausfordernd da, als fühlte es, daß einige Dutzend neugieriger Augen es beobachteten, und als wollte es mit seinem schlimmen Ruf großtun, wie mancher unverbesserliche Taugenichts mit seinen Galgenstückchen prahlt. Es schien den Kühnen herauszufordern, der es wagen würde, seine Unabhängigkeit anzutasten.

Dieser Kühne zeigte sich endlich. In dem peinlichen Bewußtsein, daß er alle hatte warten lassen, zog er hastig die Handschuhe an, schritt vorwärts, ohne sich umzusehen, stieg die Stufen der Freitreppe hinab und hob den Blick erst, als er die Hand ausstreckte, um nach dem Sattelknopf des ungeduldig wartenden Pferdes zu fassen, wurde aber durch ein rasendes Bäumen des Tieres und einen warnenden Schrei der ganzen entsetzten Gesellschaft davon abgehalten. Der junge Mann machte einige Schritte rückwärts und blickte verdutzt auf das wilde Pferd, das am ganzen Leibe zitterte, vor Wut schnaubte und mit blutunterlaufenen Augen um sich blickte, wobei es sich ständig auf die Hinterbeine stellte und die Vorderbeine hob, als wollte es sich in die Lüfte schwingen und seine beiden Führer mit sich reißen. Eine Minute lang stand er ganz betroffen da; dann hob er den Blick, errötete verlegen und musterte die entsetzten Damen.

»Ein sehr schönes Pferd!« murmelte er halb vor sich hin. »Nach allem zu schließen, muß es ein Vergnügen sein, es zu reiten; aber ... aber ... wissen Sie was? Ich werde doch lieber nicht mitreiten«, schloß er, an unseren Wirt gewendet, mit seinem breiten, gutmütigen Lächeln, das seinem ehrlichen, klugen Gesicht so gut stand.

»Und ich halte Sie trotzdem für einen ausgezeichneten Reiter ... ich schwöre es«, rief der erfreute Besitzer des widerspenstigen Pferdes, indem er seinem Gast in edler Aufwallung warm und sogar dankbar die Hand drückte. »Und zwar gerade deshalb, weil Sie sofort gesehen haben, mit was für einem Vieh Sie es zu tun haben«, fügte er mit Würde hinzu. »Sie können mir glauben: ich, der ich dreiundzwanzig Jahre bei den Husaren war, habe dank seiner Güte schon dreimal das Vergnügen gehabt, am Boden zu liegen, das heißt genauso oft, als ich es zu besteigen versuchte ... ein unnützer Fresser. Tankred, mein Freund, hier ist dir niemand gewachsen; dein Reiter ist wohl irgendein Ilja Muromez und sitzt jetzt vielleicht im Dorfe Karatscharowo und wartet, bis dir die Zähne ausfallen. He, führt ihn weg! Er hat uns genug Angst gemacht! Es war überflüssig, ihn überhaupt vorzuführen«, schloß er, sich selbstgefällig die Hände reibend.

Hier muß bemerkt werden, daß Tankred ihm nicht den geringsten Nutzen brachte, vielmehr sein Brot umsonst fraß. Außerdem hatte der alte Husar seinen ganzen bisherigen Ruf als Remonteoffizier durch ihn verloren, weil er für diesen unnützen Fresser ein Heidengeld bezahlt hatte, und das nur um seiner Schönheit willen ... Trotzdem war er jetzt entzückt, daß sein Tankred sich von seiner Würde nichts vergeben, noch einen Reiter überwunden und neue sinnlose Lorbeeren errungen hatte.

»Was, Sie reiten nicht?« rief die Blondine der es sehr darauf ankam, ihren cavalier servant bei sich zu haben, »Sie fürchten sich wohl?« »Weiß Gott – ja!« antwortete der junge Mann.

»Ist dies Ihr Ernst?«

»Erlauben Sie, wollen Sie wirklich, daß ich mir den Hals breche?«

»So setzen Sie sich rasch auf mein Pferd; haben Sie keine Angst, es ist ganz friedlich. Wir werden niemanden aufhalten; im Moment sind die Sättel gewechselt! Ich will versuchen, das Ihre zu reiten; es ist undenkbar, daß Tankred immer so unhöflich ist.«

Gesagt, getan! Die Schelmin schwang sich aus dem Sattel, und bei den letzten Worten stand sie schon neben uns.

»Da kennen Sie Tankred schlecht, wenn Sie meinen, er ließe sich Ihren nichtsnutzigen Sattel auflegen! Und auch Ihnen erlaube ich nicht, sich den Hals zu brechen; das wäre wirklich zu schade!« sagte unser Hausherr und übertrieb in diesem Augenblick innerer Befriedigung wie üblich die an sich schon affektierte und einstudierte Härte und Rauheit seiner Rede, was ihn seiner Meinung nach als gutmütigen alten Soldaten empfehlen und besonders auf die Damen Eindruck machen mußte. Das war eine seiner Schrullen, sein uns allen bekanntes Steckenpferd.

»Na, und du Heulpeter willst es nicht wagen? Du wolltest doch so gern mitkommen?« sagte die tapfere Reiterin, als sie meiner ansichtig wurde, und nickte herausfordernd zu Tankred hinüber – vor allem, um nicht ganz leer auszugehen, da sie unnütz vom Pferde gestiegen war, und um mir einen Hieb zu versetzen, weil ich so unvorsichtig gewesen, ihr wieder unter die Augen zu kommen.

»Du bist sicher nicht so wie … Ach, was soll man da noch reden! Du bist ein berühmter Held und schämst dich, feige zu sein; besonders wenn jemand dir zuschaut, holder Page«, fügte sie mit einem flüchtigen Blick auf Frau M. hinzu, deren Wagen dem Haus am nächsten stand.

Haß und Rachedurst überfluteten mein Herz, als die schöne Amazone sich uns näherte, um Tankred zu besteigen … Ich vermag aber nicht zu schildern, was ich bei dieser unerwarteten Herausforderung der Schelmin empfand. Mir verging Hören und Sehen, als ich ihren auf Frau M. gerichteten Blick auffing. Im Nu blitzte ein Gedanke in meinem Kopf auf … Es war wirklich nur ein Moment, weniger als ein Moment – wie die Explosion eines Pulverhäufchens. Das Maß war voll, mein ganzer wieder zum Leben erwachter Geist empörte sich, und zwar so, daß mich plötzlich die Lust ankam, alle meine Feinde mit einem Schlag niederzuringen, Rache zu nehmen für alles und vor aller Augen zu zeigen, was für ein Mann ich war. Oder hatte mir plötzlich jemand auf wunderbare Weise das Mittelalter nahegebracht, von dem ich bis dahin nicht einen Schimmer gewußt hatte? In meinem schwindelnden Kopfe tauchten Turniere, Paladine, Recken, schöne Damen, Ruhm und Siege auf, dröhnten Heroldsfanfaren, Schwertergeklirr, Schreie und Beifall der Menge und zwischen allen diesen Schreien ein banger Schrei eines erschrockenen Herzens, der meinem stolzen Geist süßer klang als Sieges- und Ruhmgeschrei. Ich weiß nicht, ob mir damals all dieser Unsinn durch den Kopf ging oder ob es nur eine Ahnung des noch kommenden unvermeidlichen Unsinns war – genug, ich hatte meine Stunde schlagen hören. Mein Herz zuckte und bebte, und, ich weiß nicht mehr wie, mit einem Sprung war ich plötzlich die Treppe hinunter und stand neben Tankred.

»Glauben Sie, ich würde erschrecken?« rief ich dreist und stolz, blind und taub in meinem Fieberwahn, mit stockendem Atem und so heiß errötend, daß die Tränen auf meinen Wangen förmlich brannten. »Sehen Sie her!« Und den Sattelknopf fassend, stieg ich mit dem Fuß in den Bügel, ehe jemand auch nur eine Bewegung machen konnte, um mich zurückzuhalten. In demselben Augenblick bäumte sich Tankred hoch auf, warf den Kopf zurück, riß sich mit einem mächtigen Sprung von den entsetzten Knechten los und flog wie der Wirbelwind dahin, ehe einer auch nur aufschreien konnte.

Gott weiß, wie es mir gelang, das Bein im vollen Lauf über den Sattel zu schwingen; ich begreife auch nicht, wie es kam, daß ich nicht die Zügel verlor.

Tankred trug mich durch das Gittertor hinaus, machte eine scharfe Wendung nach rechts und raste das Gatter entlang – blindlings, ohne auf den Weg zu achten. Erst in diesem Augenblick vernahm ich hinter mir das Geschrei von fünfzig Stimmen, und dieses Geschrei weckte in meinem stockenden Herzen ein solches Gefühl der Zufriedenheit und des Stolzes, daß ich diesen wahnsinnigen Augenblick aus meiner Kinderzeit nie vergessen werde. Alles Blut strömte mir in den Kopf, machte mich unempfindlich und überflutete, erstickte meine Furcht. Ich war von Sinnen. In der Tat, wenn ich jetzt daran zurückdenke, so ist mir, als hätte ich mich wirklich als Ritter gezeigt.

Übrigens begann und endete meine Ritterschaft im selben Augenblick, denn sonst wäre es dem Ritter übel ergangen. Ich weiß auch so nicht, wie ich davongekommen bin. Reiten konnte ich; man hatte es mich gelehrt. Aber mein Klepper glich eher einem Schaf als einem Reitpferd. Selbstverständlich hätte Tankred mich abgeworfen, wenn er Zeit dazu gehabt hätte; allein nachdem er etwa fünfzig Schritt galoppiert war, scheute er plötzlich vor einem riesigen Stein, der am Weg lag, und stolperte. Er machte im Fluge kehrt, aber so jäh, daß es mir heute noch ein Rätsel ist, wieso ich nicht gleich einem Ball klafterweit aus dem Sattel flog und zu Brei zerquetscht wurde und Tankred sich bei der schroffen Wendung nicht die Beine ausrenkte. Er jagte zum Tor zurück, schüttelte wild den Kopf, sprang von einer Seite auf die andere, wie berauscht von seinem Gerase, warf die Beine sinnlos in die Luft und war bei jedem Sprung bemüht, mich abzuschütteln, als säße ihm ein Tiger im Nacken und hätte Klauen und Zähne in sein Fleisch eingegraben. Noch ein Augenblick – und ich wäre gestürzt; ich sank schon; aber ein paar Reiter stürmten schon zu Hilfe. Zwei von ihnen schnitten Tankred den Weg ins Feld ab, zwei andere ritten so dicht heran, daß sie mir fast die Beine zerquetscht hätten, als sie Tankred von beiden Seiten zwischen die Flanken ihrer Pferde klemmten, und beide hielten ihn am Zügel fest. Nach einigen Sekunden waren wir wieder bei der Auffahrt.

Man hob mich bleich und atemlos vom Pferd. Ich zitterte am ganzen Leib wie ein Grashalm im Wind – ebenso wie Tankred, der, mit aller Gewalt sich auf die Hinterbeine stemmend, unbeweglich dastand, als wären seine Hufe in den Boden eingerammt, aus seinen roten, dampfenden Nüstern heiß atmete, wie ein Blatt zitterte: gleichsam starr ob der ihm zugefügten Kränkung und vor Wut über die ungestraft gebliebene Frechheit eines Kindes. Ringsum ertönten Rufe der Verwirrung, des Staunens und Schreckens.

In diesem Augenblick begegneten meine umherirrenden Augen denen der Frau M., die bleich und erregt dastand, und – ich werde den Moment nie vergessen – plötzlich errötete ich, mein Gesicht glühte und brannte wie in hellem Feuer. Ich weiß nicht mehr, was mit mir geschah, aber verlegen und über meine eigenen Empfindungen erschreckt, senkte ich die Blicke schüchtern zu Boden.

Doch mein Blick war bemerkt, aufgefangen, mir geraubt worden. Aller

Augen richteten sich auf Frau M., und sie, von der allgemeinen Aufmerksamkeit überrascht, wurde plötzlich selbst feuerrot wie ein Kind unter dem Druck eines unwillkürlichen naiven Gefühls und bemühte sich gewaltsam und sehr ungeschickt, ihre Verlegenheit hinter einem Lachen zu verbergen.

Dies alles war, objektiv betrachtet, höchst lächerlich, doch rettete mich in diesem Augenblick ein sehr naiver und unerwarteter Streich vor dem allgemeinen Gelächter und gab dem ganzen Ereignis eine besondere Note. Die Urheberin dieses Aufruhrs, die bisher meine unversöhnlichste Feindin gewesen war, meine schöne Peinigerin, stürzte plötzlich auf mich zu, um mich zu umarmen und abzuküssen.

Sie hatte ihren Augen nicht getraut, als ich den Fehdehandschuh aufnahm, den sie mir mit ihrem Blick auf Frau M. zugeworfen hatte. Sie war fast gestorben vor Angst um mich und vor Gewissensbissen, als ich auf Tankreds Rücken dahinflog; nun aber, da alles gut abgelaufen war, besonders aber, als sie gleich den anderen meinen Blick auf Frau M., meine Verwirrung, mein Erröten bemerkt hatte und es ihr endlich, infolge der romantischen Veranlagung ihres leichtsinnigen Köpfchens, gelungen war, dem allem einen neuen, geheimen, unausgesprochenen Sinn beizulegen – nun geriet sie nach alledem in eine solche Begeisterung über meine Ritterlichkeit, daß sie auf mich zustürzte und mich an ihre Brust preßte, gerührt, stolz auf mich und froh. Eine Minute später sah sie alle, die sich um uns beide drängten, mit einem ganz naiven, höchst strengen Gesichtchen an, auf dem zwei kleine kristallhelle Tränlein zitterten und blinkten, und sagte mit einer ernsten, feierlichen Stimme, die man bisher noch nie an ihr gehört hatte, indem sie auf mich zeigte: »Mais c'est très sérieux, messieurs, ne riez pas!« Sie bemerkte gar nicht, daß alle wie bezaubert um sie herumstanden und sich an ihrem hellen Entzücken freuten. Ihre unverhofft schnelle Bewegung, ihr ernstes Gesichtchen, ihre gutherzige Naivität, ihre aufrichtigen Tränen, deren man sie bisher nicht für fähig gehalten hatte und die nun aus ihren sonst ewig lachenden Augen strömten, wirkten als ein unvermutetes Wunder, daß alle wie elektrisiert von ihrem Blick, ihren schnellen feurigen Worten und Gesten dastanden. Es war, als vermöchte keiner den Blick von ihr zu wenden, aus Furcht, diesen seltenen Ausdruck in ihrem begeisterten Antlitz zu versäumen. Sogar unser Wirt war rot wie eine Tulpe, und es wird behauptet, er hätte nachher eingestanden, daß er »zu seiner Schande« fast eine volle Minute in seinen reizenden Gast verliebt gewesen sei.

Es versteht sich von selbst, daß ich nach all diesem als Ritter und Held galt.

»Delorges! Toggenburg!« ertönte es ringsum.

Man klatschte in die Hände.

»Ei, ei, die junge Generation!« sagte der Hausherr.

»Aber er muß mitkommen, er muß unbedingt mitkommen!« rief die Schöne.

»Wir müssen und werden einen Platz für ihn finden. Er wird neben mir sitzen, auf meinem Schoß … Nein, nein! Das wollte ich nicht sagen!« korrigierte sie sich lachend, außerstande, bei der Erinnerung an unsere erste Bekanntschaft ihre Heiterkeit zu unterdrücken. Aber noch lachend streichelte sie zärtlich meine Hand, darauf bedacht, mich nicht wieder zu erzürnen.

»Unbedingt! Unbedingt muß er mit!« fielen mehrere Stimmen ein; »er hat sich seinen Platz erobert!« Die Sache war im Nu entschieden. Jene alte Jungfer, die damals meine Bekanntschaft mit der Blondine vermittelt hatte, wurde jetzt von dem ganzen jungen Volk bestürmt, zu Hause zu bleiben und mir ihren Platz abzutreten, wozu sie schließlich ja sagen mußte – zu ihrem größten Ärger, zwar lächelnd, aber vor innerer Wut kochend. Ihre Gönnerin, um die sie sich so bemühte, meine einstige Feindin und neue Freundin, schrie ihr, schon auf ihrem flinken Pferd dahinsprengend und wie ein Kind lachend, laut zu, sie beneide sie und bliebe selbst gerne bei ihr, da es gleich regnen werde und wir alle naß werden würden.

Sie schien den Regen wirklich gerufen zu haben. Denn eine Stunde später ging ein richtiger Wolkenbruch nieder, und unser ganzer Ausflug fiel ins Wasser.

Wir mußten mehrere Stunden in Bauernhütten sitzen und kamen erst gegen zehn Uhr abends bei regnerischem Wetter heim. Ich fieberte leicht. In demselben Augenblick, als wir aufbrechen sollten, kam Frau M. auf mich zu und äußerte ihre Verwunderung, daß ich nichts als meine Jacke auf dem Leib und kein Tuch um den Hals hätte. Ich erwiderte, daß ich keine Zeit gehabt hätte, noch meinen Mantel zu holen. Sie nahm eine Stecknadel und steckte den Rüschenkragen meines Hemds möglichst hoch zusammen, dann nahm sie den roten Gazeschal von ihrem Hals und wickelte ihn mir um den Hals, damit ich mich nicht erkältete.

Sie machte das so schnell, daß ich keine Zeit fand, ihr zu danken.

Aber als wir nach Hause gekommen waren, suchte ich sie im kleinen Salon auf, wo sie mit der Blondine und dem bleichen jungen Mann saß, der heute den Ruhm eines guten Reiters erworben, weil er sich gefürchtet hatte, den Tankred zu besteigen. Ich trat herzu, ihr zu danken und ihr das Tuch wiederzugeben.

Aber nach allem, was vorgefallen, war mir jetzt etwas peinlich zumute; ich wollte schnell hinaufgehn und dort für mich allein verschiedenes überdenken und entscheiden.

Ich war übervoll von Eindrücken. Als ich ihr das Tuch gab, wurde ich wie gewöhnlich rot bis über die Ohren.

»Ich wette, er hätte das Tuch gerne behalten«, sagte der junge Mann lachend, »man sieht es ihm an, daß es ihm schwerfällt, sich von Ihrem Tuch zu trennen.«

»Ja, ja, so ist es!« bestätigte die Blondine. »So einer!« sagte sie in sichtbarer Verstimmung und den Kopf schüttelnd, aber dann besann sie sich noch rechtzeitig, nach einem ernsten Blick der Frau M., die den Scherz nicht wieder zu weit gehen lassen wollte.

Ich eilte davon.

»Du bist mir ein schöner Junge!« rief die Schelmin, als sie mich im Nebenzimmer eingeholt hatte, und faßte mich freundschaftlich an beiden Händen.

»Du hättest einfach das Tuch nicht hergeben sollen, wenn du es gern behalten hättest. Aber so bist du! Hast nicht mal das fertiggebracht! Du komischer Kerl!«

Dabei knipste sie mich leicht mit dem Finger ans Kinn und lachte, weil ich rot wurde wie Mohn.

»Nicht wahr, ich bin jetzt deine Freundin – ja? Ist unsere Feindschaft zu Ende, ja? Ja – oder nein?«

Ich lachte und drückte schweigend ihre Finger.

»Na – also! Aber warum bist du so bleich und zitterst? Hast du Fieber?«

»Ja, ich fühle mich nicht wohl.«

»Ach du Armer! Das kommt von den starken Eindrücken! Weißt du was? geh lieber gleich schlafen, warte nicht aufs Abendessen, über Nacht vergeht es schon wieder. Komm.«

Sie geleitete mich hinauf und konnte in ihren Bemühungen um mich kein Ende finden. Während ich mich auskleidete, lief sie hinunter, um mir Tee zu holen, und brachte ihn mir selbst ans Bett. Auch eine warme Decke besorgte sie mir. Mich rührten und wunderten diese Bemühungen und dieser Eifer, aber vielleicht war ich auch nur durch die Ereignisse des Tages, den Ritt und das Fieber besonders aufgeregt; jedenfalls umarmte ich sie beim Abschied kräftig und heiß wie meine zärtlichste, nächste Freundin, und im selben Augenblick wurde mein ermattetes Herz so von den Gefühlen überwältigt, daß ich mich an ihre Brust drückte und fast in Schluchzen ausbrach. Sie hatte meine Empfindsamkeit schon früher bemerkt, und mir schien es, als wäre die Schelmin selbst ein wenig gerührt.

»Du bist ein sehr guter Junge«, flüsterte sie, mich mit sanften Augen anblickend, »bitte, sei mir nicht mehr böse? Ja? Willst du?«

Kurz, wir wurden die zärtlichsten, treuesten Freunde.

Es war noch ziemlich früh, als ich erwachte, aber die Sonne vergoldete schon mein Zimmer mit ihrem hellen Licht. Ich sprang aus dem Bett, wieder ganz gesund und frisch, als hätte ich gestern kein Fieber gehabt; statt dessen empfand ich eine unaussprechliche Freude. Ich erinnerte mich an den gestrigen Tag und hätte alles Glück meines Lebens dafür gegeben, wenn ich in diesem Augenblick meine neue Freundin, die blondhaarige Schöne, wieder wie gestern hätte umarmen dürfen; es war aber noch sehr früh, und alles schlief. Nachdem ich mich schnell angekleidet hatte, ging ich hinunter in den Garten und von da ins Wäldchen.

Ich wollte dahin, wo das Grün dichter, der Duft der Bäume kräftiger war und der Sonnenschein so fröhlich lachte, wenn es ihm gelang, hie und da durch das dunkle Blättergeflecht zu dringen. Es war ein sehr schöner Morgen.

Langsam vordringend, gelangte ich auf die andere Seite des Wäldchens an die Moskwa. Sie floß etwa zweihundert Schritt vor mir unter einem Hang vorbei.

Am gegenüberliegenden Ufer wurde Gras gemäht. Ich schaute zu, wie ganze Reihen scharfer Sensen bei jedem Ausholen der Schnitter gemeinsam aufblitzten und dann gemeinsam wieder verschwanden wie feurige Schlangen, die sich versteckten, während das an der Wurzel abgeschnittene Gras in dichten, saftigen Schwaden umfiel und sich in gerade, lange Mahden legte. Ich weiß nicht, wie lange ich mich dieser Betrachtung hingegeben hatte, als ich plötzlich zusammenfuhr, da ich im Wäldchen, etwa zwanzig Schritte neben mir, aus einer Schneise, die von der Landstraße zum Herrenhaus führte, das Schnauben und ungeduldige Stampfen eines Pferdes hörte, das mit dem Huf den Boden scharrte.

Ich weiß nicht mehr, ob ich das Pferd sofort hörte, als der Reiter herankam und anhielt, oder ob der Lärm schon lange zu hören war, aber vergeblich mein Ohr reizte und nicht imstande war, mich aus meinen Träumen zu reißen. Neugierig betrat ich das Wäldchen, und nach einigen Schritten hörte ich Stimmen, die schnell, aber leise redeten. Ich trat näher, schob behutsam die letzten Zweige der letzten Büsche am Saum der Schneise auseinander und prallte erstaunt zurück. Vor meinen Augen schimmerte ein weißes, bekanntes Kleid, und eine sanfte Frauenstimme klang in meinem Herzen wie Musik wider. Es war Frau M.

Sie stand neben einem Reiter, der vom Pferd herab hastig zu ihr sprach, und zu meiner Verwunderung erkannte ich Herrn N-skij, jenen jungen Mann, der gestern früh abgereist und um den Herr M. so besorgt gewesen war. Man hatte erzählt, daß er sehr weit, bis in den Süden Rußlands reisen müsse, und daher staunte ich sehr, ihn hier so früh und allein mit Frau M. wiederzusehen.

Sie war so erregt und nervös, wie ich sie noch nie gesehen hatte; auf ihren Wangen schimmerten Tränen. Der junge Mann hielt ihre Hand und küßte sie, sich vom Sattel niederbeugend. Ich hatte sie beim Abschiednehmen überrascht.

Sie schienen große Eile zu haben. Endlich zog er ein versiegeltes Paket aus der Tasche, gab es Frau M., umschlang sie, ohne vom Pferd zu steigen, mit einem Arm und küßte sie fest und lange. Einen Augenblick danach versetzte er dem Pferd einen Schlag und sauste wie ein Pfeil an mir vorüber. Frau M. blickte ihm eine Zeitlang nach, dann ging sie gedankenvoll und traurig nach Hause. Doch nach einigen Schritten fuhr sie plötzlich auf, schob das Gebüsch auseinander und ging in den Wald.

Ich folgte ihr, ganz benommen und verwirrt von dem, was ich gesehen hatte.

Mein Herz schlug laut vor Schreck. Ich war wie betäubt, wie benebelt; meine Gedanken waren verworren und zerstreut; aber ich weiß, daß ich furchtbar traurig war. Hier und da schimmerte ihr weißes Kleid durch das Grün. Ich folgte ihr mechanisch, ohne sie aus den Augen zu lassen, aber in ständiger Angst, daß sie mich bemerken könnte. Endlich trat sie auf den Weg hinaus, der in den Garten führte. Ich wartete eine halbe Minute und ging ebenfalls aus dem Wald hinaus; aber wie groß war mein Erstaunen, als ich plötzlich auf dem roten Sand des Weges ein versiegeltes Paket liegen sah, das ich auf den ersten Blick wiedererkannte; es war dasselbe, das Frau M. vor zehn Minuten empfangen hatte.

Ich hob es auf: rundherum weißes Papier, keinerlei Aufschrift; es war klein, aber dick und schwer: es enthielt mindestens drei Bogen Briefpapier, wenn nicht mehr.

Was bedeutete dieses Paket? Sicher war hier die Erklärung des ganzen Geheimnisses.

Vielleicht war hier ausgesprochen, was Herr N-skij bei dem kurzen, hastigen Stelldichein nicht mehr sagen zu können glaubte. Er war ja nicht einmal vom Pferd gestiegen ... Ob er Eile hatte oder ob er fürchtete, in der Trennungsstunde sich selbst untreu zu werden? Gott weiß es ...

Ich blieb zurück, legte das Päckchen an einer weithin sichtbaren Stelle wieder in den Sand und ließ es nicht aus den Augen, da ich hoffte, daß Frau M. ihren Verlust bemerken und zurückkommen würde. Doch nach etwa vier Minuten hielt ich es nicht mehr aus, hob meinen Fund wieder auf, steckte ihn ein und lief Frau M. nach. Ich holte sie erst im Garten, in der großen Allee, ein; sie ging geradewegs schnellen und eiligen Schritts, aber nachdenklich und gesenkten Blicks, auf das Haus zu. Ich wußte nicht, was ich tun sollte. Auf sie zugehen und es ihr geben? Das hieß soviel wie ihr sagen, daß ich alles wüßte und alles gesehen hätte. Ich hätte mich beim ersten Wort verraten. Und wie hätte ich sie ansehen können? Wie würde sie mich ansehen? Ich hoffte immer noch, sie würde sich besinnen, den Verlust bemerken und umkehren. Dann wollte ich das Päckchen heimlich auf den Weg legen, und sie würde es finden. Aber nein! Sie näherte sich schon dem Haus, man hatte sie schon bemerkt ...

An diesem Morgen waren alle wie auf Verabredung besonders früh aufgestanden, denn es war gestern, ohne daß ich es wußte, als Ersatz für die verunglückte Ausfahrt eine neue für den heutigen Tag beschlossen worden. Alles bereitete sich eilig auf die Abfahrt vor und frühstückte auf der Veranda. Ich wartete etwa zehn Minuten, um nicht mit Frau M. gesehen zu werden, und begab mich auf einem Seitenweg um den Garten herum von der anderen Seite ins Haus, eine ganze Weile später als sie. Sie ging auf der Terrasse auf und ab, bleich und erregt, die Arme über der Brust gekreuzt, und es war deutlich zu sehen, daß sie einen quälenden, verzweifelten Schmerz zu unterdrücken suchte, der sich aber in ihren Augen, ihrem Gang, ja in jeder ihrer Bewegungen ausprägte. Einigemal ging sie die Stufen hinab und machte zwischen den Blumenbeeten ein paar Schritte in Richtung des Gartens; ihre Augen suchten dabei ungeduldig, gierig und sogar unvorsichtig etwas im Sand des Weges und auf dem Boden der Terrasse.

Es war kein Zweifel: sie hatte den Verlust bemerkt und glaubte das Paket irgendwo in der Nähe des Hauses verloren zu haben – ja, sie schien davon überzeugt zu sein!

Erst bemerkte einer, dann mehrere Gäste, daß sie bleich und erregt war. Sie wurde mit Fragen nach ihrer Gesundheit und mit peinlichen

Vorwürfen überschüttet; sie mußte scherzen, lachen und die Fröhliche spielen. Ab und zu sah sie zu ihrem Mann hinüber, der am anderen Ende der Terrasse stand und sich mit zwei Damen unterhielt, und das gleiche Zittern, dieselbe Verwirrung wie damals am ersten Abend seiner Ankunft überfielen die Arme. Ich stand, die Hand in der Tasche fest um mein Paket geschlossen, etwas abseits und bat das Schicksal, Frau M. möchte mich bemerken. Ich wollte sie beruhigen und ermutigen, wenigstens nur mit einem Blick, ihr gern heimlich im Vorbeigehen etwas sagen, doch als sie mich wirklich einmal zufällig anblickte, fuhr ich zusammen und schlug die Augen nieder.

Ich sah ihre Qualen und täuschte mich nicht. Bis heute kenne ich ihr Geheimnis nicht und weiß nichts als das, was ich selbst gesehen und eben erzählt habe. Der Zusammenhang war vielleicht anders, als man dem Augenschein nach meinen konnte, Vielleicht war es ein Abschiedskuß, vielleicht ein letzter kleiner Lohn für ein Opfer, das ihrer Ruhe und ihrer Ehre gebracht worden war. N-skij reiste ab; er verließ sie, vielleicht für immer. Und schließlich dieser Brief, den ich in meiner Hand preßte – wer kann sagen, was er enthielt? Wer dürfte hier urteilen? Jedenfalls – darüber besteht kein Zweifel – wäre die plötzliche Entdeckung des Geheimnisses ein furchtbarer Schlag für ihr Leben gewesen. Ich sehe noch ihr Gesicht in diesem Augenblick vor mir: man konnte nicht schwerer leiden. Zu fühlen, zu wissen, überzeugt zu sein und wie auf die Hinrichtung darauf zu warten, daß in einer Viertelstunde, in einer Minute alles aufgedeckt, das Päckchen gefunden und aufgehoben werden mußte. Es war ohne Aufschrift, jeder konnte es öffnen, und dann – was dann? Könnte eine Marter furchtbarer sein als die ihre? Sie ging zwischen ihren künftigen Richtern hin und her. In einer Minute würden ihre lächelnden Gesichter grausam und unerbittlich dreinschauen.

Sie würde Spott, Bosheit und eisige Verachtung in ihnen lesen, und dann würde ihr Leben in ewige, lichtlose Nacht versinken … Ich verstand damals dies alles nicht so, wie ich jetzt darüber denke. Ich konnte nur fürchten und ahnen, im Herzen um sie bangen, ohne selbst die Gefahr völlig zu erkennen.

Worin auch ihr Geheimnis bestehen mochte – durch die qualvollen

Augenblicke, deren Zeuge ich war und die ich nie vergessen werde, wurde vieles gesühnt, wenn es überhaupt etwas zu sühnen gab.

Da erscholl der frohe Ruf zur Abfahrt; alles geriet in freudige Bewegung; von allen Seiten erscholl munteres Sprechen und Lachen. Nach zwei Minuten war die Terrasse leer. Frau M. hatte auf die Fahrt verzichtet und schließlich eingestanden, daß sie sich nicht wohl fühle. Aber gottlob wollten alle fort, hatten alle Eile, und niemand hatte Zeit, sie mit Klagen, Fragen und Ratschlägen zu belästigen.

Zu Hause blieben nur wenige. Ihr Mann sagte ihr ein paar Worte; sie antwortete, sie hoffe, noch heute wieder gesund zu werden, er solle sich keine Sorgen machen; zu Bett gehen wolle sie nicht; sie werde in den Garten gehen, allein … oder mit mir … Hier sah sie mich an. Nichts konnte mich glücklicher machen! Ich wurde rot vor Freude. Eine Minute später waren wir unterwegs.

Sie ging auf denselben Alleen, Wegen und Pfaden, auf denen sie vorhin aus dem Wald zurückgekehrt war, dahin, besann sich instinktiv auf ihren Heimweg, starrte regungslos vor sich hin, wandte kein Auge vom Erdboden, suchte etwas, ohne mir zu antworten, und hatte offenbar völlig vergessen, daß ich neben ihr ging.

Als wir fast die Stelle erreicht hatten, wo ich das Paket aufgehoben hatte und der Weg zu Ende war, blieb Frau M. plötzlich stehen und sagte mit schwacher, schmerzerstickter Stimme, daß ihr schlechter sei und daß sie nach Hause gehen wolle. Aber beim Gartengitter angelangt, blieb sie wieder stehen und dachte einen Augenblick nach; ein Lächeln der Verzweiflung zeigte sich auf ihren Lippen, und kraftlos, zerquält, zu allem entschlossen, sich in alles ergebend, kehrte sie schweigend wieder auf den Weg zurück, ohne mir gegenüber ein Wort der Erklärung zu äußern …

Ich verging vor Jammer und wußte nicht, was ich tun sollte.

Wir gingen – oder richtiger, ich führte sie zu der Stelle, wo ich vor einer Stunde das Stampfen des Pferdes und ihr Gespräch gehört hatte. Hier stand unter einer dichten Ulme eine Bank, die aus einem einzigen großen Steinblock gehauen war, um den sich Efeu rankte und wilder Jasmin und Heckenrosen wuchsen. Das ganze Wäldchen war mit Brücken, Lauben,

Grotten und ähnlichen Überraschungen übersät. Frau M. setzte sich auf die Bank und schaute gedankenlos auf die herrliche Landschaft, die sich vor uns ausbreitete, Nach einer Minute schlug sie ihr Buch auf und starrte regungslos hinein, ohne ein Blatt umzuwenden, ohne zu lesen, ohne sich Rechenschaft zu geben, was sie tat. Es war schon halb zehn Uhr. Die Sonne stand hoch und schwamm in vollem Glanz über uns am tiefblauen Himmel, wie im eigenen feurigen Licht schmelzend.

Die Schnitter hatten sich weit entfernt; man sah sie kaum noch auf dem gegenüberliegenden Ufer. Hinter ihnen dehnten sich in ununterbrochener Reihe die endlosen Grasmahden, und ab und zu trug ein leichter Wind deren Wohlgeruch zu uns herüber. Ringsum ertönte das endlose Konzert jener, die nicht säen und nicht ernten, sondern frei sind wie die Luft, die sie mit ihren schnellen Flügeln zerteilen. Es schien, als sagte in diesem Augenblick jedes Blümchen, das letzte Gräslein, rauchend im Opferdampf, zu seinem Schöpfer: »Vater, ich bin selig und glücklich!« Ich blickte die bleiche Frau an, die allein wie eine Tote inmitten dieses frohen Lebens war. An ihren Wimpern hingen noch immer zwei große Tränen, von heftigem Schmerz aus der Brust gepreßt. In meiner Macht stand es, dieses arme, ersterbende Herz neu zu beleben und zu beglücken, nur wußte ich nicht, wie ich den ersten Schritt tun sollte. Ich quälte mich. Hundertmal machte ich Anstalt, vor sie hinzutreten, aber jedesmal brannte mein Gesicht wie Feuer.

Plötzlich kam mir ein guter Gedanke. Ein Mittel war gefunden, ich lebte auf.

»Darf ich Ihnen einen Strauß pflücken?« sagte ich mit so heiterer Stimme, daß Frau M. plötzlich den Kopf hob und mich scharf ansah.

»Bringe mir einen«, sagte sie endlich mit matter Stimme und kaum merklichem Lächeln und senkte ihren Blick sofort wieder auf.das Buch.

»Sonst werden sie auch hier das Gras abmähen, und dann gibt es keine Blumen mehr!« rief ich und machte mich erfreut auf den Weg.

Bald hatte ich meinen einfachen, ärmlichen Strauß gepflückt. Er wäre keine Zierde für ein Zimmer gewesen, aber wie froh schlug mein Herz, als ich ihn suchte und band! Heckenrosen und wilden Jasmin nahm ich gleich an Ort und Stelle. Ich wußte, daß in der Nähe ein reifendes Roggenfeld war. Dorthin lief ich um Kornblumen. Ich mischte sie mit langen Ähren und wählte dazu die goldensten und dicksten. Dort fand ich auch ein ganzes Nest Vergißmeinnicht, und mein Strauß wuchs. Weiter im Feld fanden sich blaue Glockenblumen und Feldnelken, und um gelbe Wasserlilien lief ich bis ans Flußufer hinab. Endlich fand ich noch auf dem Rückweg, als ich einen Augenblick ins Wäldchen ging und einige hellgrüne gezackte Ahornblätter pflückte, um mit ihnen meinen Strauß einzufassen, ganz zufällig eine Familie Stiefmütterchen, und zu meiner Freude verriet mir gleich daneben ein zarter Veilchenduft die im saftigen Gras versteckten Blümchen, die noch ganz mit blitzenden Tautropfen besprengt waren. Dann war der Strauß fertig. Ich band einen langen, dünnen Grashalm herum, den ich zusammenknotete, und hinein steckte ich vorsichtig den Brief. Ich verbarg ihn unter den Blumen, doch so, daß man ihn recht gut bemerken konnte, wenn man meinem Strauß auch nur ein wenig Aufmerksamkeit schenkte.

Dann brachte ich ihn Frau M.

Unterwegs schien es mir, daß der Brief zu gut sichtbar wäre; ich bedeckte ihn etwas; als ich näher kam, drückte ich ihn noch tiefer in die Blumen hinein; und als ich schließlich den Platz erreichte, stopfte ich ihn so tief ins Innere des Straußes, daß nichts mehr von ihm zu sehen war. Auf meinen Wangen brannte ein richtiges Feuer. Am liebsten hätte ich mein Gesicht mit den Händen bedeckt und wäre davongelaufen; sie aber sah meine Blumen an, als hätte sie schon vergessen, daß ich gegangen war, sie ihr zu pflücken. Mechanisch, fast ohne hinzusehen, streckte sie die Hand aus, nahm mein Geschenk und legte es gleich auf die Bank, als hätte ich es dazu bestimmt; dann vertiefte sie sich wieder völlig selbstvergessen in ihr Buch. Ich hätte heulen können über meinen Mißerfolg.

Wenn mein Strauß nur neben ihr ist, dachte ich, wenn sie ihn nur nicht vergißt.

Ich streckte mich nicht allzuweit davon ins Gras, legte die rechte Hand unter den Kopf und schloß die Augen, als wollte ich schlafen. Aber ich verwandte keinen Blick von ihr und wartete.

Es vergingen etwa zehn Minuten; mir kam es vor, als würde sie bleicher und bleicher …Da kam mir ein segensreicher Zufall zu Hilfe.

Es war eine große goldene Biene, die mir ein freundlicher Windhauch glücklicherweise herbeiführte.

Sie summte erst über meinem Kopf, dann flog sie zu Frau M. Diese scheuchte sie einmal, zweimal mit der Hand fort, aber die Biene wurde immer zudringlicher.

Da endlich ergriff Frau M. meinen Strauß und wehrte sich mit ihm. Im selben Augenblick löste sich das Paket aus den Blumen und fiel gerade auf das offene Buch. Ich fuhr zusammen. Eine Weile sah Frau M., stumm vor Staunen, bald auf das Paket, bald auf die Blumen in ihrer Hand und schien ihren Augen nicht zu trauen. Dann plötzlich wurde sie rot, fuhr auf und schaute mich an.

Aber ich hatte ihren Blick schon bemerkt und hielt meine Augen geschlossen, als ob ich schliefe; um nichts in der Welt hätte ich ihr jetzt ins Gesicht blicken können. Mein Herz bebte und zuckte wie ein Vöglein, das in die Hände eines lockigen Bauernjungen geraten ist. Ich weiß nicht, wie lange ich so mit geschlossenen Augen dalag: vielleicht zwei oder drei Minuten.

Endlich wagte ich sie zu öffnen. Frau M. las gierig den Brief, und aus ihren erglühenden Wangen, ihrem leuchtenden, tränenfeuchten Blick, dem strahlenden Gesicht, in dem jeder Muskel vor froher Bewegung bebte, erriet ich, daß es ein glücklicher Brief war und daß ihr Kummer wie Rauch verweht war. Ein qualvoll süßes Gefühl sog an meinem Herzen, und es fiel mir schwer, mich schlafend zu stellen.

Niemals vergesse ich diesen Augenblick!

Plötzlich erklangen, noch aus der Ferne, Stimmen: »Frau M. …! Natalie! Natalie!« Frau M. antwortete nicht, sondern stand schnell von der Bank auf, trat auf mich zu und beugte sich über mich. Ich fühlte, daß sie mir gerade ins Gesicht blickte. Meine Wimpern zuckten, aber ich beherrschte mich und schlug die Augen nicht auf. Ja, ich gab mir Mühe, ruhig und gleichmäßig zu atmen, obgleich mein Herz mich mit seinen heftigen Schlägen fast erstickte. Ihr heißer Atem brannte auf meiner Wange; sie bückte ihr Gesicht dicht, dicht zu meinem herab, als wollte sie mich auf die Probe stellen. Dann fielen ein Kuß und Tränen auf meine Hand, die auf meiner Brust lag. Und zweimal noch küßte Frau M. sie.

»Natalie, Natalie! Wo bist du?« ertönte es wieder ganz nahe bei uns.

»Gleich!« rief Frau M. mit ihrer tiefen Silberstimme, die noch vor Tränen erstickt war und zitterte; sie rief so leise, daß nur ich allein dieses »gleich« hören konnte.

In diesem Augenblick aber, glaube ich, verriet mich mein Herz und schickte eine ganze Blutwelle in mein Gesicht. Da brannte ein schneller, heißer Kuß auf meinen Lippen. Ich schrie leicht auf und öffnete die Augen, aber sogleich fiel das Gazetüchlein von gestern darüber – als wollte sie mich damit vor der Sonne verhüllen. Einen Augenblick später war sie verschwunden. Ich vernahm nur noch das Geräusch ihrer davoneilenden Schritte. Ich war allein …

Ich riß ihr Tuch von meinem Gesicht und küßte es, außer mir vor Entzücken; eine Weile war ich wie von Sinnen! Als ich wieder zu Atem gekommen war, blickte ich, die Ellenbogen ins Gras gestützt, starr und stumpf in die Ferne, auf die umliegenden Hügel, die mit bunten Feldern bedeckt waren, auf den Fluß, der sie schlängelnd umfloß, um dann weit hinten, dem Auge kaum erreichbar, zwischen immer neuen Hügeln und Dörfern zu verschwinden, die wie Pünktchen in der ganzen lichtübergossenen Ebene verstreut lagen, auf die kaum sichtbaren, dunkelblauen Waldstreifen, die wie Dunst am Rande des glühenden Himmels lagen, und eine süße Ruhe erfüllte, wie aus dem feierlichen Frieden der Landschaft herübergeweht, ganz allmählich mein erregtes Herz. Mir wurde leicht, und ich atmete freier … Aber meine ganze Seele war von einer dumpfen, süßen Sehnsucht, von einer Ahnung kommender Dinge erfüllt. Mein erschrockenes Herz spürte etwas, bang und freudig, und zitterte leise in Erwartung … Und plötzlich hob sich meine Brust, wie durchzuckt von einem stechenden Schmerz, und Tränen, süße Tränen quollen aus meinen Augen. Ich legte die Hände vors Gesicht, und bebend wie ein Grashalm gab ich mich widerstandslos dem ersten Gefühl, der ersten Offenbarung des Herzens hin, der ersten, noch unklaren Regung meiner Natur. Meine erste Kindheit war mit diesem Augenblick zu Ende …

Als ich zwei Stunden später nach Hause kam, fand ich Frau M. nicht mehr vor. Sie war infolge unvorhergesehener Umstände mit ihrem Mann nach Moskau gefahren. Ich habe sie nie wiedergesehen.

II

Die Sommermonate auf dem Landsitz meines Onkels gehörten mit zu meinen schönsten Kindheitserinnerungen. Schon Tage vor Abreise ergriff mich immer eine Gemütsumstimmung, die mit Schlafstörungen, einer gewissen Unruhe und Unwohlsein, einher ging. Diese Nebensächlichkeiten trübten jedoch kaum meine freudig, erwartende Situation – wußte ich doch – bald beginnt eine Zeit, die völlig anders, ja fast entgegengesetzt, der alltäglichen ist. Meinen gewohnten Ablauf in Moskau bei den Eltern könnte ich einfach mit: eintönig, stupide und langweilig bezeichnen. Ein Einzelkind in einem begüterten Haushalt erlebt nicht nur schöne Momente. Wieso ich schon in jungen Jahren mit meiner damaligen Lebenssituation haderte, ist auf diese schöne Zeit zurückzuführen. Sicherlich besaß ich eine vorzügliche Heimstätte, es fehlte im Prinzip an nichts. Doch!

Liebe, Harmonie, Gefühle – einfach gesagt: das Gemeinsame. Ich besaß Eltern, von denen ich den Namen bekommen habe, doch kümmern – kümmern taten sich andere um mich. Beauftragte, Bezahlte, Bedienstete …, später komme ich auf meine »Kümmerer« zurück. Bleiben wir noch ein wenig bei den »Papiererziehern«.

Für damalige Begriffe waren meine Eltern schon relativ alt bei meiner Geburt.

Es soll wohl an einem glücklichen Zufall gelegen haben, daß die Ehe nicht kinderlos blieb. Warum fing ich beim Erzählen meiner Lebensgeschichte mit dem elften Lebensjahr an! Aus gutem Grund, denn dies ist in etwa der Zeitpunkt des Beginnes des »Erwachsenwerdens« mit der Zwischenstufe der Pubertät. Langsam lernte ich Worte, Begriffe, sowie Geschehnisse in die Kategorie einzuordnen, wo sie richtig hin gehören.

Das fing z.B. mit dem Pferdeknecht an, den vom Onkel meine ich natürlich. Ich wunderte mich immer, daß mein Gesicht, nein, im Prinzip das gesamte »Daseinsbild« sehr dem des Stallburschen ähnelte.

Da fehlte es im Prinzip wirklich an Jahren und Reife, um die richtigen Schlüsse zu ziehen. Da genügt oft ein einziger Satz, um einen Prozeß zu verstehen, der oftmals Jahre dauern kann. Die letzten Zweifel und vagen Vermutungen vernichtete meine Blondine, denn ich hörte sie heimlich zu ihrer Bekannten sagen: »Das Reiten hat der Kleine wohl von seinem Vater gelernt«, und kicherte dabei.

Ihrer sarkastischen Bemerkungen wegen war sie berüchtigt und gefürchtet. Ich, der tollpatschige Junge, der seine unerwarteten, frühreifen Gefühle nicht in den Griff bekam; ein Objekt mit dem sie spielen konnte, wie mit einem Ball. Doch sie hatte Recht! Mit diesem einen Satz bekam ich die schmutzige Seite der Liebe zu Gehör. Mein Körper bebte innerlich, nicht zusammenhängende Gedanken schossen mir durch den Kopf. Im wilden Galopp lief ich in mein Zimmer und schaute lange in den Spiegel, fast so, als ob ich ein Bild von mir male und dies in meinem Kopf aufhänge. Weiter! Beweise! Intrigen! Im gleichen Tempo lief ich zu den Pferdeställen. Erst am Tor blieb ich stehen, um mich zu sammeln und über die weitere Vorgehensweise nachzudenken. Die Gedanken fanden jedoch ein jähes Ende, denn er kam mit einem Damensattel in der Hand – ER – mein Vater? Das kann nicht sein, er gehört nicht der Familie an, arbeitet bei meinem Onkel und – doch – ja – ich sehe ihm ähnlich. Mein Kopf verarbeitet das vorherige Spiegelbild und versucht zu vergleichen, mit dem »Erscheinungsbild« vor mir, was bei dem Altersunterschied nicht ganz einfach ist. Noch nie habe ich diesen Mann genau beobachtet. Viel zu unwichtig bei der Vielzahl von Angestellten.

Wie gesagt, dies ist nun rückblickend einige Jahre her, die mir damals in meinem jugendlichen Empfinden verborgen gebliebenen Rätsel bekommen aus der Sicht des Erwachsenen eine schnelle Lösung. Je länger ich mich mit dem Thema beschäftige – was ist lang? – bekommen Verwunderlichkeiten der damaligen Zeit einen Sinn. Eine Zuvorkommenheit, Aufmerksamkeit, ja fast paßt das Wort Freundlichkeit im Verhalten des

Knechtes mir gegenüber. Im Normalfall herrscht immer ein reserviertes Verhältnis; ein Dulden auf der einen Seite und ein Befehlen auf der anderen. Ich empfand es als nette Geste, wenn mein Klepper immer zuerst auf dem Hof stand. Kam ich vom Ausritt zurück, rannte er uns gleich entgegen, um mir beim Absteigen behilflich zu sein. Dem Murren der anderen Reiter setzte er nur entgegen: »Kinder benötigen mehr Hilfe!« Jetzt bekommt die Sache einen Sinn. Er half dem eigenen »Fleisch und Blut«. Ohne Hilfe einer blonden Frau – wer weiß? Jahre meiner Unwissenheit hätten vergehen können!

Damals stand mir dieser Mann samt Damensattel mit der Fremdlichkeit eines Bediensteten gegenüber. Das, was er noch nie vorher tat, er sprach mich persönlich an: »Der junge Herr hat gut reiten gelernt, besser ist jedoch mit dem gewohnten Pferd im langsamen Galopp anzufangen. Wenn Sie es wünschen, könnte ich ein paar Reitstunden organisieren«, dabei sah er mich festen Blickes an. Da kam mir der Gedanke der Ähnlichkeitsüberprüfung von seiner Seite aus. Fast eine Minute dauerten meine Überlegungen für eine passende Antwort, um dann den nicht sehr aussagekräftigen Satz von mir zu geben.

»Danke, ich reite lieber allein«, drehte mich um und ging zurück auf mein Zimmer. Wie lange ich dort bewegungslos lag, weiß ich nicht mehr. Mein Zustand glich einem wilden Ameisenhaufen, alle laufen durcheinander und scheinbar weiß keiner wohin. Das war einfach ein bißchen viel für den damaligen kleinen Kerl. Erst die Demaskierungen durch die Blondine, dann ein Gefühlsausbruch, der fast schon den Ausdruck männlich verdient, und nun: erst hatte ich keinen Vater und jetzt besitze ich zwei. Den Knecht mit Vater anreden – unmöglich; dann doch lieber »Herr Vater« (er wünscht immer so angeredet zu werden). Für einen jungen Menschen ist die Welt recht kompliziert, auf jeden Fall das, was darin in Bewegung ist. Langsam bekommen die Ameisen Gesichter und nur noch wenige bewegen ihre kleinen Glieder. Ja, diese zarten Gliedmaße ähneln meiner Mutter und wo krabbelt sie denn hin. Da, etwas versteckt sitzt noch in der Ecke ein kräftiges Tier, wo kaum eine Bewegung zu erkennen ist – entweder eine Lauerstellung oder ein Verstecken. Nein, plötzlich wie ein Pfeil schießt das kräftige Krabbeltier auf das meiner Mutter ähnelnde Tier los, fast entsteht der Eindruck, hier geht es um Leben und Tod. Ein klopfen an meiner Tür unterbricht die Krabbelei in meinem Kopf. Ein Blick zur Uhr beseitigt alle meine Zweifel, der nächste Termin steht an – der Page. Auf der einen Seite eine Abwechselung, auf der anderen dagegen eine Zumutung. Interessant, wie diese wenigen Tage damals mich heute noch in Anspruch nehmen. Oh, ich muß lachen!

Pagen unterlagen im Laufe der Jahrhunderte verschiedenen Anzugsordnungen – meine ließ sich bestimmt nicht zeitlich einordnen. Sie bestand aus roten Strümpfen, einer knielangen, dunkelblauen Hose und einer schwarzen Samtweste mit Goldknöpfen. Vor einigen Jahren las ich ein Märchen, wo der Beschreibung nach der darin vorkommende Mohr die gleiche Kopfbedeckung trug. Mit einem Wort – grauenhaft. In diesem Aufzug sollte ich vor eine Frau treten, die anziehen kann was sie will, trotzdem bleibt sie das bezauberndste Geschöpf, das ich kenne. Sie wird mich auslachen. Nein! Eben erfuhr ich, sie ist nicht mehr da! Wie konnte ich das vergessen? Was nun? Ich im Kostüm, allein in Stellung. Ich sehe schon den Rollentausch, meine Blondine ist jetzt die Herzensdame.

Sie sah bezaubernd aus. Eigentlich sieht sie immer schön aus. Was nützt die schönste Frau, die die Zunge, die in ihr drin steckt, wie ein Körperteil behandelt, welches nicht zu ihr gehört. Doch nach meinem Ritt, den sie provoziert hatte, schloß Blondi mich in die Arme und hat gesagt: »Wir sind jetzt keine Feinde mehr, sondern Freunde!« Ein bißchen Angst hatte sie schon um mich und war froh, daß alles gut verlaufen war. »Du siehst recht bunt aus, die Rolle des Harlekins ist doch in unserem Bild nicht vorgesehen. Übrigens mußt Du nicht den Schirm reichen, wie vorher geplant, sondern mir meine Stiefelchen anziehen.

Dazu soll ich mich in den Plüschsessel setzen und den rechten Fuß auf das kleine Bänkchen stellen. Du kniest dann vor mir nieder, nimmst den rechten Stiefel und schiebst ihn vorsichtig auf meinen Fuß. Der Künstler wird gleich kommen, unterdessen ist eine Probe bestimmt von Vorteil!«

Gesagt – getan! Sie setzte sich in die vorgeschriebene Position und schaute mich an. »Hast Du nicht zugehört? Worauf wartet denn mein kleiner Diener?«

Vollkommen verdutzt stand ich da und kniete mich ungeschickt nieder, wobei ich etwas ins Schaukeln kam und mich dadurch an ihrem Knöchel festhalten mußte.

»Wie bist Du auch ungeschickt! Warte, wenn ich mein Kleid etwas hochziehe, ist es bestimmt einfacher!«

Ich möchte behaupten, meine Hände zitterten, als ich, wie befohlen, den Stiefel in die Hand nahm. Mit der anderen Hand wollte ich das Füßchen ein wenig anheben, um das lederne Stiefelchen vorsichtig darauf schieben zu können.

Vor Schreck fiel mir der Fuß sofort wieder aus der Hand. Das zarte Knöchelchen, die seidenen Strümpfe, dazu umgab dieser Frau noch ein Duft, der mir die Sinne raubte.

»Was ist los mit Dir? Läßt einfach meinen Fuß fallen, als ob Dich der Blitz getroffen hat, so schwer sind doch meine Beine nicht!«

Wie soll der Mensch Jahre später die Gefühle beschreiben, die er noch nie vorher erlebte und durch die Einmaligkeit nie wieder erleben wird. Eine gewisse Einmaligkeit lag in dieser Szene, wie ich in späteren Jahren feststellen konnte, auch wiederum nicht. Beim Kontakt zweier Menschen entstehen Emotionen der verschiedensten Art. In meinem Fall entpuppten sich die kindlichen Gefühle in einer noch nie vorher erlebten Wahrnehmung, besser einer Zuneigung zum weiblichen Geschlecht. In diesem Fall hervorgerufen durch einen seidenen Strumpf, dem betörenden Duft und schönen Körperformen. Später stellte ich fest, daß schon teilweise eine Locke, ein sinniger Blick, eine kurze Berührung – das Spektrum der Möglichkeiten ist so vielfältig und verschieden, sicherlich von Gott gewollt, denn auf der Erde gleicht kein Mensch dem anderen.

Noch heute muß ich schmunzeln bei dem Gedanken der Schlafensstellung nach dem Spaziergang mit Frau M., als sie mich vor Dankbarkeit küßte. Mein erregtes Herz spürte Dinge, die ein Ende der Kindheit andeuteten. Noch fiel mir die Einordnung der Gefühle schwer, was mit kaum 12 Jahren nicht anders möglich ist. Frau M. berührte nicht nur mit dem Mund meine Hände, sondern ebenfalls Tränen liefen wie Perlen über den noch kindlichen Handrücken. Hat Küssen etwas mit Tränen zu tun? Der Kuß ist doch Ausdruck von Freude in den vielfältigsten Formen. Warum war ich dann sogar zu Tränen gerührt?: aus Überraschung, aus Gerührtheit, aus Freude, aus Jugendliebe – wie ich bald feststellte: aus einer noch unklaren Regung meiner Natur heraus! Und dann, kaum einen Tag später, erlebte ich Gefühle, die denen vom Vortag ähnelten. Meine Blondine bringt mich in ähnliche Gefühlswallungen, die ich gestern unter Tränen erlitten hatte. Vorhin – die Erinnerung – der Schmerz (»Sie« ist weg) und nun knie ich vor einer anderen Frau und kann ihr zartes Beinchen nicht anheben.

Beim Berühren ihres seidenen Strumpfes durchzuckte ein Stoß den erregten Körper, der in einer Starre endete; so neu, so überwältigend, so faszinierend, so unbeschreiblich schön – jetzt, im nach hinein, kann ich sagen, mein erster Schritt in die schwierige Welt der Liebe. Das ist bestimmt noch nicht der richtige Ausdruck für den Umwandlungsprozeß in die reifere Form des männlichen Daseins.

Einmal sagte mein Vater zu mir: »Deine Mutter ist meine große Liebe!« Ich!

Ich liebte in zwei Tagen zwei Frauen! Entschuldigung! Ich verwendete schon wieder diesen Begriff in Zusammenhang mit den erwähnten Frauen, die fast meine Mütter sein könnten. Indes lernte ich schon daraus: Lieben, lieben kann der Mensch viele Menschen; die Wahre, die Einzige, die Echte gehört nur einer Person. Meine gedanklichen Probleme endeten in einen Hochgenuß bei der zweiten Berührung des seidenen Strumpfes. Den Frauen sind Wirkungen, die von ihnen ausgehen, schon bewußt. Sie sind der Hauptfaktor beim Finden im Paarungsgeschehen und sie können diese femininen Mittel gezielt einsetzen.

Meine Blondine hatte mir gegenüber bestimmt keine Absicht, mich in Verlegenheit zu bringen. Sie schien vielleicht selbst überrascht über das Ausmaß meines kindlichen »Durcheinanders«.

Doch dieses Zarte, dieses Grazile, diese unwiderstehliche Anziehungskraft ließen meine Bewegungen etwas ungeschickt aussehen. Später hörte ich oft den Spruch: Verliebte Männer benehmen sich wie Kinder. Ich war noch Kind und benahm mich schon komisch. Wie gesagt: Frauen besitzen Wirkungen und Mittel … »Ich glaube, Du hast den linken Schuh in der Hand!«

»Sie haben recht, Gnädigste!«

»Wieso redest Du mich mit Gnädigste an, wir sind doch Freunde!«

»Entschuldigung, ich bin etwas verwirrt!«

»Das scheint mir auch so. Hast Du jetzt den richtigen Schuh? Ich höre gerade, unser Regisseur ist noch nicht aus Moskau zurück. Laß es gut sein, mein Kleiner!«

Das ganze innerliche Durcheinader bündelte sich zu einem Zweck: schnell weg hier. Für die Treppenstufen benötige ich an normalen Tagen 12 Schritte, doch heute schaffte ich mit einem Schritt gleich mehrere Stufen. Fast im Fluge landete ich auf dem Bett, um festzustellen, die Tür ist noch offen. Das Schließen der Tür stellte ein Problem dar – mit einem Damenschuh in der Hand ist dies auch verständlich. Was soll ich nun tun? Fast gleichzeitig stürzten mehrere Szenario auf mich ein. Eins stand auf jeden Fall fest, eine heimliche Rückgabe. Erst versuchte ich den Stiefel am Körper unterzubringen – unmöglich! Einem Diener das gute Stück übergeben – unmöglich! Einfach damit durch das Haus spazieren – unmöglich! Die Idee: meine Reittasche! Alle überflüssigen Gegenstände raus und den Stiefel rein. Selbstsicher, mit festem Schritt ging ich Richtung Vorplatz.

Meine schöne Blondine saß immer noch in ihrem Sessel und schwatzte mit dem Regisseur, der scheinbar doch früher aus Moskau zurückkehrte.

»Wo hast Du so lange gesteckt, meine Füße sind schon ganz kalt. Erst spielt mein Knäblein den Helden und dann kann er einer Frau nicht den Schuh anziehen.

Ich sehe meinen Stiefel nicht. Erzähle bitte nicht, Du hast ihn versteckt …wollen wir den Kleinen nicht zu sehr in Verlegenheit bringen! Ich warte!«

Mit hochrotem Kopf wühlte ich in der Reittasche, um vorsichtig das Stiefelchen herauszunehmen. Fast wie glühenden Koks behandelte ich das kleine Stück Leder – trotz einer kreisenden Bewegung entschied ich mich nicht für eine endgültige Stellung des »Objektes« in meiner Hand. Ich landete schmerzhaft auf den Knien und der Stiefel lag eine Körperlänge neben mir.

»Herr Regisseur, nun schauen Sie sich den Burschen an. Wie soll da ein anständiges Bild entstehen? Er ist zu nichts zu gebrauchen, oder vielleicht doch!

Reibe doch bitte kräftig meine Füße, damit sie wieder warm werden. Wenn Du fertig bist, holst Du den Stiefel, nimmst sämtliche Kräfte zusammen, begibst Dich in eine elegante Haltung und ziehst mir den Stiefel richtig rum an!«

Das Kommando rief bei mir eine Wechselwirkung hervor. Zuerst glich mein Kopf einer reifen Tomate, um dann in eine Leichenblässe zu wechseln. Einer Ohnmacht nahe, hob ich den in seidenen Strümpfen befindlichen Fuß vorsichtig an und begann langsam eine reibende Bewegung. Das gleiche Gefühl, die gleiche Wirkung, das, das ...– ich wußte, was mich erwartet und hatte meinen Körper in der Gewalt. Ich habe über die unkontrollierten Gefühle gesiegt, jedoch ein neuer Zustand stellte sich ein – eine Art »Wohlfühlen«, eine Art »Behaglichkeit«, eine Art »Freude« ließen meine Hände immer geschickter über den fühlbar kalten Fuß gleiten. Ich erhöhte deshalb Druck und Geschwindigkeit der Bewegungen.

»Jetzt scheint ja mein Kleiner aufzutauen, mein Fuß ist es auf jeden Fall. Du kannst nun den Stiefel in die rechte Hand nehmen und mit der Linken hebst Du den Fuß etwas an. Bitte verbleib ruhig in dieser Stellung, denn das ist unser Bild!«

Mit einer Leichtigkeit nahm ich den Stiefel auf, hob den Fuß zart an und verblieb starr in der Stellung, einem Denkmal gleich. Wie lange? – ich träumte!

»Du kannst meinen Fuß jetzt heruntersetzen, sonst schläft er noch ein. Komm her, ich gebe Dir noch einen freundschaftlichen Kuß!«

Das wär's! Ohne zu antworten lief ich zurück auf mein Zimmer, ich wollte allein sein mit meinen Gefühlen. Man ließ mich nicht.

»Gnädiger Herr«, begann das Dienstmädchen nach einem Klopfen die Befehlsausführung.

»Ihre Mutter möchte Sie nach dem Ausritt auf der Veranda sprechen!«

»Ich habe verstanden und komme nachher herunter!«

Meine Mutter plötzlich hier – sie hatte zwar ihr Erscheinen angekündigt – doch auf unbestimmte Zeit. Der Pferdeknecht mit Damensattel – natürlich – für meine Mama. Wieso wußte der Bursche vor mir Bescheid? Mein Mamachen ist eine leidenschaftliche Reiterin, doch warum kommt die Liebe zu den Pferden vor der Liebe zu ihrem Kind? Die Mutter war nun die dritte weibliche Kontaktperson und das dritte Problem. Quatsch! In der Beziehung zu meiner Mutter gab und gibt es keine Probleme. Sie, ja sie besitzt welche, wenn ich darüber nachdenke.

Das, was ich zum damaligen Zeitpunkt nicht wahr haben wollte wurde immer mehr zu einer Gewißheit – ich bin ein außereheliches Kind, der Sohn eines Pferdeknechtes. Alle flüstern das Gleiche – alle haben Recht.

Mein gesetzlicher Vater (schon der Ausdruck ist gräßlich) hat noch nie auf einem Pferd gesessen; ein Grund mit, warum er den Landsitz immer schnell verließ, falls er mich mit herbrachte. Klar besaßen wir Güter und Länderein, und nicht wenig. Doch dafür besaß er genügend Personal. Er blieb ein Stadtmensch – ihm waren schmutzige Häuser lieber, als ein schmutziger Stall, denn die sind innen wenigstens sauber. Der Hauptgrund – die Wege – entweder trocken und staubig oder feucht und matschig. Kein Pflaster betreten die gut eingefetteten Stiefel; keine Amtsstube mit einem Ofen für die Geschäftsangelegenheiten; keine Poststation in der Nähe; kein Bäcker, der ihm die geliebten Kringel zubereitet; keine aktuelle Zeitung; keine …; wenn ich ihn fragen würde, was er auf dem Lande vermißt, die Aufzählung ließe sich beliebig fortsetzen, immer hat er etwas zu meckern. Egal, jeder Mensch ist verschieden und meine Mutter und meinen Vater hat nicht nur das Geschlecht unterschieden. Jetzt, im nachhinein, eine Ehe schlecht reden, wäre vermessen. Als Ausdruck für unser Familienleben fällt mir der Begriff harmonisch ein. Streit, den gab es hier nicht; jede noch so kleine Zwistigkeit fand eine lautlose Lösung bzw. eine still schweigende Duldung bzw. das Problem wurde einfach ignoriert. Scheinbar ist dies jedoch kein Allheilmittel. Einfach so tun, die Welt ist in Ordnung, klappt vielleicht bei meinem Ernährer. Meiner Mutter Gutmütigkeit sind jedoch Grenzen gesetzt. Was trieb sie in die Arme des »Pferdefütterers«? Nur die gemeinsame Liebe zu Pferden als Grund zu nennen ist eine einfache Lösung, doch bestimmt nur ein Teilergebnis.

Im Moment lernte ich das ABC der Liebe, wobei ich kaum die Buchstaben unterscheiden konnte und nun soll ich schon die Prüfung ablegen mit der Beantwortung der Fragen: Wieso habe ich in dieser harmonischen Ehe zwei Väter? Wieso erfahre ich erst mit knapp 12 Jahren fast durch Zufall davon? Wieso duldet mein Vater das? Wieso ist der Pferdeknecht wichtiger als der Sohn?

Wieso ich, ich, ich? Vor diesem Ausflug auf den Landsitz meines Onkels hatte ich ein wohlbehütetes Leben. Jetzt gehört sogar eine Person mehr zu meinen Aufsichtspersonen; die mir sogar Reitunterricht anbietet. Was nun? Die Lösung: Einfach die vergangenen Tage vergessen – streichen – ich war gar nicht hier. Mit dem Mamachen nach Hause fahren – der artige Knabe sitzt schweigend in der Kutsche und schaut aus dem Fenster. Oh! Ich vergaß, vorigen Sommer verbrachte meine Mutter hier 3 Wochen in der fröhlichsten Stimmung. Das dauert hier keine 3 Stunden und sie weiß Bescheid über mich und dem Gerede über meine vererbten Reitkünste. Meine Blondine ist eine Frau, die ihre zynischen Bemerkungen in Vollendung bei meiner geliebten Mutti (diesen Ausdruck mag sie besonders gern) anbringen wird, um damit die Hochachtung der illustren Gesellschaft zu genießen.

»Ihre Frau Mutter wartet auf der Veranda«, höre ich das Dienstmädchen rufen.

Das jähe Ende der Gedanken läßt mich vor dem Spiegel erstarren. Nein! So darf sie mich nicht sehen! Ich hatte den Eindruck: auf der Stirn stehen sämtlichen Gedanken. Der Krug mit Wasser reichte fast nicht, um die gedanklichen Spuren zu entfernen. Mit frischem Mut kämmte ich das Haar und zog die Sachen an, die ich zum Nachmittagstee pflegte zu tragen.

»Wo bleibst Du denn so lange? Ich habe schon zweimal nach Dir rufen lassen.

Komm her, ich will Dich küssen!«

Zum ersten Mal in meinem Leben war es mir peinlich, daß meine Mutter mich küssen wollte. Hier vor allen Leuten! Dazu vielleicht noch einen Klaps auf den Popo. Ich bin nicht mehr der kleine Junge, dem man Händchen haltend die Welt erklärt. Die Rotfärbung des Kopfes signalisierte sehr deutlich meine Abneigung an »Kleinkindspielchen«. Ohne mein Köpfchen zum Abküssen hinzuhalten, stattdessen mit vorgestrecktem Arm, bot ich meiner Mutter den Gruß der Erwachsenen an.

»Was ist denn los mit meinem Kleinen, möchtest Du keinen Kuß mehr von mir. Dein Verhalten scheint mir etwas sonderbar!«

An dieser Stelle brach ich das Gespräch ab, besser gesagt, ich versuchte ihren Redeschwall zu unterbrechen. Der Mutterinstinkt wird wahrscheinlich bei der Geburt des Kindes gleich mit übertragen. Meine Entbindung soll wohl mehrere Stunden gedauert haben, darum ist die überhöhte Kinderliebe bei ihr nicht verwunderlich. Ratschläge kann ich schon im Moment gebrauchen, aber keine überzogenen Verhaltensregeln, Erkundigungen über Krankheiten oder sogar kindliche Liebkosungen. Ich werde erwachsen! Mutter, begreife das! Natürlich nicht ganz so deutlich in der Ausdrucksweise, aber in einer derartigen Form wollte ich schon meine fortgeschrittene Entwicklung mitteilen. Aber wie? Vielleicht ist still schweigen im Moment die bessere Lösung. Am besten ich signalisiere ein offenes Ohr für ihre Mitteilungen. Doch genau wie ihrem Mann gegenüber klangen die an mich gerichteten Worte wie die langweilige Predigt eines Popen.

Nur kein Problem ansprechen; nur keinem Wehtun; nur keinem anderen die Schuld geben; nur kein falsches Wort – das schien heute das Hauptproblem zu sein. In wieweit sie schon zu Informationen gelangt ist, natürlich im Augenblick eine unlösbare Aufgabe.

»Der Reitlehrer hat mir vorhin mitgeteilt, daß er Dir Reitunterricht angeboten hatte, Du jedoch ablehntest. Schade, er ist ein guter Lehrer; ihm habe ich viel zu verdanken!«

Jetzt ist der Knecht schon Reitlehrer, irgendwann sitzt er noch mit am Tisch.

Sie hat ihm viel zu verdanken: ja, mich! Pardon, ich vergaß, das Pferd ist wichtiger als der Mensch bei ihr. Natürlich sind ihre vorzüglichen Kenntnisse im Umgang mit Pferden durch seine Hilfe entstanden. Durch seine Hilfe ist jedoch noch mehr entstanden. Sie denkt bestimmt, ich bin noch zu klein und verstehe das nicht.

»Mama, wie alt bin ich?«

»Wir feiern bald Deinen zwölften Geburtstag!«

»Ab wann ist der Mensch erwachsen?«

»Eine sehr schwierige Frage. Vielleicht hast Du schon von dem Sprichwort gehört: Mancher Mensch wird nie erwachsen. Da ist vieles wahres dran. Die offizielle Aufnahme in den Kreis der Erwachsenen bekommt der Betreffende in der Kirche, wenn er den Segen erhält. Der Zeitpunkt ist nicht genau festgelegt.

Doch Du bringst mich auf einen Gedanken. Nach Deiner Heldentat, durch welche Du fast selber einen Teil der Frage beantwortet hast, rückt die Aufnahme in die Reihe der Erwachsenen immer näher. Auf einmal bist Du es unbemerkt.

Entwicklungen sind ja auch in der Regel nicht genau auf den Tag fixierbar. Die körperliche Entwicklung scheint schneller voran zu schreiten, obwohl dein Wissen, nach Aussage des Lehrers, eine Altersgruppe höher entspricht. Na, ja, den Worten dieses »Möchte-Gern-Professors« Glauben zu schenken ist recht zweifelhaft.

Wir wollen uns nun nicht über einen »Überkandidelten« unterhalten, sondern uns dem geistigen und körperlichen Zustand meines geliebten Sohnes widmen. Im Moment lieferst Du mehr Gesprächsstoff, als der Rest der Gesellschaft.

Ein hübscher Bursche ist ja mein verwegenes Kind! Kinder allgemein und hübsche Kinder im besonderen, üben einen äußerst positiven Einfluß auf die Umgebung aus. Kommt dann noch zu allem Übel dazu, daß zwei schöne Frauen, die scheinbar nichts besseres zu tun haben, als jungen Bengels den Kopf zu verdrehen, um sich dann an dessen Rotfärbung zu ergötzen, als beeinflussende Dinge mit in das Spiel, so kann dies schon eine Verschiebung der Altersgrenze nach unten führen. Einen kleinen

Jungen, am Anfang der Pubertät, mit verwirrten, nicht klar definierbaren Gedanken, nur so zur Belustigung, einem Spielball ähnlich, zu benutzen, ohne auch nur einen Gedanken an die Folgen zu verschwenden, ist für mich eine bodenlose Frechheit. Zum Glück ist eine der beiden Damen schon abgereist und die andere scheint bei Deiner Heldentat Todesängste ausgestanden zu haben. Ich habe sie schon auf das Thema angesprochen und wirklich Reue, Wiedergutmachung und Fehlereinsicht kam mit Tränen erstickter Stimme aus ihrem Mund.

Das soll uns nicht weiter interessieren. Sie berichtete mir von einer Freundschaft; in meinen Augen eine ungleiche, unpassende – die schnell bei einer wechselnden Laune zerbrechen kann. Solche Frauen führen kein tiefgründiges Leben, sondern sie lieben den Moment, die Aufregung, das Erlebnis, ohne einen jeglichen Gedanken über Hintergründe oder eventuelle Folgen zu verschwenden.

Ich will Dich jedoch nicht über Frauen aufklären, die selber oftmals unrühmliche Taten in der Art eines Kinderstreiches vollbringen. An dem Beispiel erkennst Du schon die schwierige Beantwortung der Frage: Ab wann ist der Mensch erwachsen? Anders herum ausgedrückt: eine allgemein gültige Regel existiert nicht! Das ist vielmehr ein Prozeß, der in sehr unterschiedlichen Formen ablaufen kann. Zu den körperlichen gesellen sich noch Umstellungen der verschiedensten Art.

Dir ist ja nun bekannt, auf der Welt existieren zwei Geschlechter – die Weibchen und die Männchen. Am eigenen Leibe konntest Du nun feststellen: wie Frauen, und besonders die jüngeren, eine Anziehungskraft auf das andere Geschlecht ausüben. Das liegt in der grundeigensten Ursache der Menschheit begründet, daß sie sich vermehren muß. Damit das Ganze funktioniert hat Gott die Frauen so ausgestattet, damit Sie anziehend auf die Männer wirken. Die genauen Details durchläufst Du in Deinem weiteren Entwicklungsprozeß und dies würde jetzt auch zu weit führen. Keine Angst, ich behandele Dich nicht als kleinen Jungen. Vieles erlernt der Mensch am besten nicht durch Worte, sondern einfach erleben, einfach erkennen, einfach selbst handeln, auch auf die Gefahr eines Fehlers hin. Dein ungläubiger Blick scheint an meinen Worten zu zweifeln, sei an dem gesamten bisher gesagten oder nur an den letzten. Egal! Ich möchte Dir nur helfen, etwas schwer Verständliches verständlicher zu gestalten.

Weißt Du, jede Mutter besitzt einen inneren Instinkt, eine Berufung, eine nie endende Aufgabe, dem eigenen Kinde Gutes zu tun, ihm helfen, den richtigen Weg einzuschlagen, alles Unheil – auch noch so kleines – nicht an das geliebte Kind herankommen zu lassen. Das ist nun wiederum ein weitere Funktion, die Gott den Frauen heimlich mit auf den Weg gibt. Paß auf! Ich spiele jetzt den Lehrer und fasse zusammen:

1. Die Frauen sind der wichtigste Bestandteil zum Fortbestand der Menschheit.
2. Sie besitzen Mittel und »magische Kräfte«, um das suchende Männchen anzulocken.
3. Nur das weibliche Geschlecht besitzt das höchste Glücksgefühl, einem neuen Menschen das Leben zu schenken.
4. Dieses Gefühl findet die Fortsetzung in der Rolle der Mutter.
5. Die Rolle des Mannes bzw. des Vaters kann dabei etwas zwiespältig sein.

Oh, entschuldige! Ich höre das Signal zum Ausritt. Bei der nächsten Gelegenheit müssen wir uns unbedingt weiter unterhalten. Mein Söhnchen, Du bleibst heute hier, denn dieser Ritt über die Felder ist nur etwas für die Erwachsenen, womit wir wieder beim Thema wären. Gib Deiner Mutter noch einen Kuß! Bis nachher! Verzeihung, ich vergaß, mein großer Junge küßt ja seine Mutter nicht mehr. Schau doch einmal zu deinen Cousinen herüber, das sind doch auch ganz liebreizende Wesen!«

Nach diesen Worten verschwand meine Mutter mit einer Geschwindigkeit, die der eines Rittes schon sehr nahe kam. Da stand ich nun wieder mit meinen Gedanken und war nach der langen Predigt keinen Deut schlauer. Oder doch!

Ich habe noch einen sechsten Punkt gefunden: Frauen können viel mit geringer Aussagekraft reden. Die Worte meiner Mutter sind schon gut gemeint, doch selbst für sie ist es schwierig den Entwicklungsstand des eigenen Kindes festzustellen.

Lieber vorsichtig anfangen, bevor man, wie es so schön heißt, in's Fettnäpfchen tritt. Die Rolle der Frau war mir zum damaligen Zeitpunkt schon bewußt, jedoch die vielen Einzelheiten, die zu einem Ganzen gehören, oder um ihre damaligen sehr bedeutenden Worte zu verwenden: zum Fortbestand der Menschheit.

Mit meinem Wissen kommt die Welt zum Stillstand. Ich bekomme vom Küssen einen roten Kopf, das reicht jedoch nicht, um neues Leben zu erwecken.

Meine Mutter hat noch vieles nicht erzählt – aus gutem Grund – aus Vorsicht, aus Unwissenheit, aus Mutterliebe, aus Scham, aus Falscheinschätzung – egal.

Sie ist eine gute Mutter! Oder doch nicht? Wäre da nicht das Rätsel um den Pferdeknecht! Kann eine Frau zwei Männer lieben? Ich habe zwei Frauen geküsst!

Schöne Frauen! Mein Mamachen hat zwei schöne Männer! Doch Schönheit ist keine Tugend! Ein vorrübergehender Zustand! Ein zweiter Mann in der Ehe? Ein Vergehen! Sünde! Ist meine Mutter sündig? Ja! Ich bin ein Bastard! Ein uneheliches Kind! Ein schlechtes? Wie erfahre ich die endgültige Wahrheit? Soll ich zuerst mit dem Gatten meiner Mutter sprechen? Er denkt bestimmt: ich bin sein Kind! Weiß er die Wahrheit? Will er sie wissen? Will er sie leugnen! Will er sie ignorieren! Will er diese lautlose Ehe bis zu seinem Tod führen? Kommt es zum Bruch? Nur das nicht! Ich will keine Pferdeställe ausmisten! Er darf nichts erfahren! Wen liebt meine Mutter mehr? Sie muß an ihr Kind denken! An mich!

Ein kleiner Held! Reiten kann jeder! Mein Lieblingsvater nicht! Egal! Er ist besser!

Unbedingt mit der Mutter reden! Bald! Ich bin der Held! Ich rette alles! Ich bin erwachsen! Ich weiß Bescheid! Ich nehme die Lebenszügel in die Hand! Ich rede mit meinem Onkel! Der Knecht muß weg! Er hat mich vom Pferd gestoßen!

Kennt der Bruder meiner Mutter die Misere? Darf ich sie ihm erzählen?

Muß ich lügen? Die Gedanken der Mama? Ein Fragezeichen! Will sie Papa verlassen? Ein Plan! Ich benötige einen Plan! Einen Guten! Was ist gut? Für wen? Für alle? Kann jeder glücklich sein? Wenn ja! Wie? Ob ich das schaffe? Bestimmt! Du bist ein Held! Wie fange ich an? Dumm stellen! Gute Idee! Indirekt an's Ziel! So tun als ob! Unwissende reden die Wahrheit! Wo bleibt die Mutter? Sie ist die Erste! Ich rede! Ich stelle Fragen! Sie antwortet! Richtig? Lüge? Wahre Gefühle? Sie muß denken! Sie muß richtig entscheiden! Sie muß! Sie muß! Sie muß! Ich küsse sie wieder! Bei richtiger Entscheidung! Ich verachte sie! Bei falschem Entschluß! Sie liebt mich! Ich bin ihr kleiner Held! Oh! Jetzt kommt meine Mama! Wer ist an ihrer Seite? Ich kann es nicht erkennen! Der Onkel! Mein Lieblingsonkel! Mein einziger Onkel! Sie sprechen! Über was? Über mich? Ich winke! Sie reagieren nicht! Wer ist wichtiger? Mein Vater? Die Ehe? Der Knecht? Jetzt haben sie mich gesehen! Sie winken zurück! Freude! Bei allen? Nur Nächstenliebe? Das ist keine Täuschung! Beide kommen direkt zu mir! Zu mir! Zu mir! Zu keinem anderen!

Tränen! Ich habe! Sie hat! Onkel schluchtst! Mamachen küßt mich! Die Entscheidung! Für mich! Den Verlierer sehe ich nicht! Besser so! Müssen wir noch reden? Nein! Tränen sind die besten Worte! Mein Onkel! Er ist heute der Held! Er hat mit seiner Schwester geredet! Ernsthaft! Leichtes Spiel? Kampf?

Unwichtig! So werden Helden geboren! Mein Held! Mein Retter! Er kommt! Der Verlierer! Was nun? Keine Aufregung! Die Pferde in den Stall! Onkel geht zu seinen Gästen! Meine Mutti bleibt bei mir! Dicke Tränen! Peinlich! Nein! Gefühle!

Ob sie die wahren kennt? Nicht mehr nachdenken! Die Welt ist in Ordnung!

Wie lange? Mein Vater ist gekommen! Seine Stimme! Omen! Wunder! Katastrophe!

Entscheidung! Warum jetzt? Gibt es kein dauerhaftes Glück? Doch! Er liebt seine Frau! Er liebt mich! Er will Ruhe! Er will Geborgenheit! Er will schweben!

In seinen Glücksgefühlen! In seiner »Wohlfühlwelt«! Über den Hindernissen!

Funktioniert das? Die Lebensmaxime! Eine Gute? Seine! Ein streitloser Mensch!

Mein Vater! Ich liebe ihn! Die Leute erzählen Unsinn! Eine gute Familie! Warum ist er schon da? Er kommt nur an den Wochenenden! Berufs wegen! Heute ist Mittwoch! Ein guter Tag? Er spricht mit der geliebten Frau! Zarte Worte! Jetzt ich!

Ein kräftiger Vater-Sohn-Kuß! Wieder Tränen! Er ist mein Vater! Der Beweis! Die Tränen! Ein götterhaftes Bild! Der Teufel kommt! »Wollen der Herr reiten?« Die Entscheidung! »Danke! Ich bin schon bis hier her geritten!« Die Lüge! Der Abgang in die Hölle! Bleibt er im Kessel? Weg mit ihm! Er stört! Wir gehen zu dritt!

Wohin? Auf die Veranda! Schöner Platz! Sie erzählen! Ich genieße! Terminverschiebung!

Einfache Lösung! Schokolade! Mehr! Süß! Das Leben versüßen!

Ich liebe meine Eltern! Ich liebe Schokolade! Ein Tropfen! Gewitter? Ein Donner aus dem Mund des Vaters! Tropfen aus Mutters Augen! Ein Blitz zuckt! Das schlechte Wetter zieht vorbei! Zum Gluck! Ich gehe! Abschiedsküßchen! Matt!

Schlaff! Glücklich! Ein Traum? Nicht nötig! Schon erfüllt! Erwachen? Nein! Ich bleibe liegen! Träume! Angst! Bleibt meine Traumwelt erhalten? Das Öffnen der Augen kommt! Was sehe ich? Die heile Welt? Fest daran glauben! Die Erfüllung!

Heute Ausritt zu dritt! Mit der Kutsche! Harmonie! Familienglück! Gedanken zurück! Der Onkel! Die Lösung! Benachrichtigung an den Schwager! Guter Onkel!

Der Knecht! Was wird er tun? Gibt er auf? Was will er mit einem Kind? Er will Geld! Bestimmt! Papa ist reich! Bestimmt Geld mein Leben? Wenn schon! Nicht in den Pferdestall! Onkel der große Held! Rückkehr neuer Knecht! Keine Worte!

Nur Gesten! Alle lächeln zufrieden! Ich auch! In einer Woche mehr gelernt, als in meinem bisherigen Leben!

Die letzten Tage des diesjährigen Aufenthaltes beim Onkel sind schnell erzählt.

Die Blondine mied mich. Na, ja, vielleicht nicht ganz! Auf jeden Fall keine zynischen oder hinterlistigen Bemerkungen. Nur das alltägliche »Bla! Bla! Bla!« Bevor ich es vergesse! Mir ist das Mißgeschick im Pagenkostüm passiert.

Jetzt sage ich zum Glück, denn ein größerer Junge vertrat mich wohl bestens.

Meine Schöne ist launenhaft – eine Tugend – die vornehmlich in der Frauenwelt anzutreffen ist (Entschuldigung! Dies spätere Wissen gehört nicht hier her, sondern ist meine persönliche, subjektive Einschätzung – bevor aus Freunden vielleicht wieder Feinde geworden wären hätte bestimmt gereicht) oder vielleicht …? Das war somit ihr letzter Auftritt. Eine neue Kunde verbreitete eine Schreckensnachricht: der Gastgeber ist verrückt geworden. Fast schnell, nein blitzartig, verabschiedeten sich viele Dauergäste. Von neuen Kurzbesuchern ganz zu schweigen. Sein üppiger Lebensstil war bekannt und sehr beliebt. Doch warum gerieten dieses Jahr die Geschehnisse aus den Fugen? Sein Plan mit dem Pferdeknecht funktionierte wunderbar – der Eigene dagegen mißlang total. Nach dem frühen Tod seiner geliebten Gattin und der Überwindung des endlosen Schmerzes, befand er sich auf»Freiersfüßen«. Die überfällige Jungfer war die Auserwählte.

Sie wußte bis zur Antragstellung nichts davon. Völlig unverständlich für den Onkel – sie lehnte ab. Die heile Welt geriet aus den Fugen. Menschen, die im Alter noch nach Liebe suchen, benehmen sich oft wie unmündige Kinder oder sie drehen durch. Das war genau an dem Mittwoch, wo mein Vater eintraf!

Ein Heiratsantrag (ich war zum Glück nicht dabei) im Kreise der Familie und nicht nur vor Freunden. Gute Idee! »Warum redest Du nicht vorher mit mir darüber?«, stieß die »Überfällige« schwer atmend durch ihre flatternden Nasenflügel hervor. Viele reisten noch am gleichen Abend ab, meine Eltern nicht.

Ihnen schien die Ablehnung willkommen. Das sagten sie nicht laut, doch Worte wie: Besänftigung, Versöhnung oder gar nachlaufen kamen ihnen auch nicht in den Sinn. Eine Frau an der Seite meines Onkels –

ein Störenfried auf vielen Gebieten. In diesem Sinne verliefen die letzten Sommertage still, fast sehr still, im Gegensatz zu der vorherigen Zeit. Für den allein gebliebenen Verlierer bestimmt mit die traurigsten Tage. Meine Eltern hinterließen dagegen den Eindruck; ich weiß nicht, wieso ich darauf komme; sie hätten sich hier erst kennen gelernt. Mir scheint, manche lernen sich erst nach einem besonderen Ereignis, einem außergewöhnlichen Geschehen, fast einer Fügung gleich, richtig kennen.

Oftmals leben dagegen Menschen jahrelang zusammen, oftmals in der schönsten Harmonie, oftmals kommt es nur durch einen Zufall zum Bruch, oftmals sind die Geschehnisse nicht zu revidieren, oftmals, oftmals … Hier ist fast ein Wunder geschehen. Jahrelang leben Menschen zusammen, akzeptieren sich, keiner spricht ein böses Wort – das Leben in Eintracht. Es funktioniert! Glück!

Das erstrebenswerte Glück ist dies jedoch nicht. Ich, das uneheliche Kind, bin der Auslöser für einen Zustand der höchsten Gefühle. Das war knapp! Ganz knapp! Im nachhinein wird mir erst die Brisanz der Geschehnisse vor Augen gehalten. Geschlossene Augen und ein verschlossener Mund des Bruders meiner Mutter hätten die Katastrophe bestimmt nicht verhindert. Ich der kleine Held – mein Onkel der große Held. Mir fällt Frau M. ein – die glückliche Ehefrau.

Bestimmt lebte sie mit dem Gatten in völliger Zufriedenheit schon jahrelang zusammen. Dann – durch Zufall – lernt sie ein neues Glück kennen! Ein Besseres?

Ob ungewollt oder gewollt endet eine unbestimmbare Szene, deren weiterer Verlauf immer eine unbekannte Größe bleiben wird. Ihr Mann ist mit meinem Vater nicht vergleichbar – Eifersüchtigkeit, Arroganz, Bestimmtheit, Eigenliebe, Anerkennungssüchtig – ein einnehmendes Wesen ohne Duldung der kleinsten Winzigkeit einer anderen Meinung. Einfach gesagt: ein ICH-Mensch. Was soll ich mir jedoch den Kopf zerbrechen über »Theaterdarsteller«, die ich wahrscheinlich nie wieder im Leben sehen werde. Aus jedem Theaterstück, sei es noch so schlecht, sind Lehren zu ziehen – erst jedoch nach einem gewissen Studium. Jedes Schauspiel verfolgt ein Ziel, und sei es nur eine Belustigung. Oft soll der, manchmal zufällige, Zuschauer in eine Gedankenwelt eintauchen, die der Wirklichkeit nicht entspricht. Das ist das Kuriosum; je abstrakter, je andersartiger, je verrückter; um so glaubhafter erscheint die Geschichte. Ein Schauspiel, ja ein Schauspiel ist dieses Zusammenleben zweier verheirateter, mit einem ansehnlichen Wissen ausgestatteten Personen, die zum Glück schon vor dem Ende überhastet abgereist sind. Er, er ist der Zirkusdirektor, der zur Peitsche und Pistole greift. Diese Vorstellung kann tragisch enden. Ich will dies nicht wissen – jetzt – wo ich mich, was sage ich, wo wir »Drei« uns auf einer Wolke befinden, die uns behutsam über die Unebenheiten des Lebens schaukelt. Jede Wolke unterliegt Einflüssen: sie kann sich auflösen, um den Strahl der Sonne durchzulassen; sie kann vor einem Berg in unerreichbare Höhen aufsteigen; sie kann sich auch mit dunklen Wolken vermischen, wobei ein unbestimmbares Mischungsverhältnis herauskommt; sie kann auch den Charakter einer Schönwetterwolke beibehalten – dort wo sie auftaucht scheint zwar nicht immer die Sonne, für Blitz und Donner ist da jedoch kein Platz.

Langweiligkeit ist unter den geschilderten Umständen zu einer Bedeutung gelangt, die mein erstrebenswertes Ziel ist. Das, was ich etwas mißachtend über meine Eltern sagte: diese Ruhe, diese Streitlosigkeit, dieses Nicht-Wehtun, dieses Wegsehen – ist im Moment meine Lebensmaxime. Am liebsten würde ich den ganzen Tag nur in meinem Zimmer auf und ablaufen, bloß um keinen verkehrten Schritt zu tun. Ein Leben hinter verschlossenen Türen ist nicht möglich. Doch, für Verbrecher, aber ich bin keiner. Macht man sich schuldig, wenn man keinen Fehler begehen möchte. Ohne Fehler kann kein Mensch leben; sie sind unbedingt für die Entwicklung der Menschheit notwendig, denn daraus sind Lehren zu ziehen (welcher Art auch immer?). Ich kann mich nicht um die ganze Welt kümmern, mein Leben allein genügt mir schon.

Vorsichtig, immer schön vorsichtig! Außer Worte des Grußes und des Wetters verlassen nicht meinen Mund. Meine Eltern erfreut das traute »Dahinplätschern« und bemerken meine Veränderungen nicht. Sie halten Ausschau auf ihrer kleinen Wolke, die unbemerkt von allen entstanden ist, jedoch mit geschlossenen Augen. Sie können doch nicht wieder wie in den alten Tagen sich in den Strom der Glückseligkeit treiben lassen. Ich spanne ein Segel, damit mein Wölkchen schneller fliegt. Tatsächlich, ich hole sie ein. Soll ich meinen Platz auf der glückseligen Wolke suchen oder ist es vielleicht ratsam, ein größeres Segel zu benutzen. Sie einfach rammen, abbringen vom Weg. Jedoch darf der Zusammenstoß nicht sehr heftig sein, damit keiner herunter fällt. Ohne daß sie etwas bemerken – eine Richtungsänderung. Menschen, die mit sich beschäftigt sind, merken oftmals Veränderungen in ihrem Umfeld nicht. Mein früheres Wölkchen, das nirgends anstoßen wollte, habe ich verlassen. Jetzt weht ein frischer Wind in neue Richtungen. Festhalten, der entscheidende Augenblick, ein Moment, der das Leben mehrerer Menschen ändern kann. Der Zusammenstoß hat die Eltern durchgerüttelt, sie küssen sich. Nach dem Lösen der Münder zeigt er den Weg an, sie in eine andere Richtung. Unterschiedliche Meinungen bringen unterschiedliche Lösungen. Beide zeigen in die dazwischen liegende Richtung mit freudigen Gesichtern. Sicherlich eine gute Lösung, weil von beiden gewollt. Doch irgendwann verschwindet jede Wolke am Himmel. Um das Himmels ähnliche Leben weiter auf der Erde führen zu können, bedarf es nicht der Hilfe von oben, sondern tatkräftiger Erdenmenschen, die vor keinem Problem zurück schrecken, die Lösung suchen, mag sie auch weh tun. Sie sind auf dem besten Weg, und dadurch ich auch. Der Trott, der Alltag, das Normale – selbst banale Dinge können fatale Folgen erreichen.

Mich erreicht eine andere Nachricht, morgen beginnt der Unterricht wieder.

Wie es für Menschen unseres Standes gehört, ein Privatlehrer. Er soll mir das Wissen vermitteln, um später eine höhere Schule besuchen zu können. Mein Vater sprach einmal etwas von Studium, da kommen jedoch bei mir und bei dem Lehrer Bedenken auf.

Der Lehrer gehört zu den Menschen, die in gewisser Weise ein normales Wissen besitzen, ein normales Leben führen und ein normales Arbeitspensum leisten. Nicht normal sind deren Forderungen nach hoher Bezahlung, Anerkennung, Würdigung – ja, sie verlangen fast eine Huldigung jeder ihrer wohl überlegten Worte und Taten. Das ist ein grober

Allgemeinüberblick über die normale Lehrerschaft. Der für mich zuständige Wissensvermittler weicht doch in einigen Punkten ab und bedarf darum einer näheren Betrachtung.

Den Worten nach bestand seine Berufung zu größeren Aufgaben im gehobenen Dienst. Unglückliche Umstände verhinderten jedoch bisher die Umsetzung, ja fast die Verpflichtung, die Vollbringung von Ungewöhnlichem, kaum bisher da gewesenen. Trotz der verlorenen Zeit durch die Unterrichtsstunden arbeitete er intensiv an einer wissenschaftlichen Abhandlung, deren Erscheinen für großes Aufsehen sorgen wird. Kurz und gut – wie ich später feststellen mußte, besaß er alle Fähigkeiten mit dem Mund. Da dies jedoch nicht der einzige Teil des Kopfes ist, gab es im wahrsten Sinne des Wortes viele Hohlräume oberhalb der schmalen Öffnung. Umso mysteriöser scheint mir deshalb bei Menschen seines Standes die Regel zu sein, daß nur S I E das Wissen besitzen, um bedeutende Fortschritte für die Menschheit zu erreichen.

Für ihn völlig unverständlich, wieso vom Zaren noch kein Erlaß existiert, wonach ein Lehrer nach einer gewissen Zeit der Praxis; wo er aufopferungsvoll an der Weitergabe von Bildung arbeitete, nicht automatisch den Adelstitel erhält. Jeder Großgrundbesitzer, der Glück im Kartenspiel hatte und teilweise ganze Dörfer mit allen »Seelen« gewann, kauft sich einen Fürstentitel. Um dann gebildet zu erscheinen, stellt er einen Lehrer ein. Oft besitzen diese »Ungebildeten« sogar kleine Orchester, dabei kennen sie nicht eine Note.

Einmal sagte er zu mir: »Mein Vater wüßte gar nicht, was für eine Kapazität er in seinen Diensten hätte und er darum nur über das geringe Entgeld lachen könne!« Geld sei ihm jedoch nicht wichtig, denn Menschen seiner Art streben nach Höherem. Was das ist, ließ er etwas im Dunkeln. Diese Selbstdarstellung bereitete ihm offensichtlich höchsten Genuß, denn ich kannte die Worte schon fast auswendig, so oft wiederholte er sie. Menschen existieren, die sind mit sich in allen Belangen zufrieden. Er war sogar sehr mit seinem Wesen im Einklang.

Personen seiner Art küssen jeden früh ihr Spiegelbild, um anschließend zu ihrem »Gegenüber« zu sprechen.

»Spiegel, sehe ich nicht gut aus?«

»Ja, Du siehst gut aus! Kämme jedoch gefälligst Dein Haar und spare nicht mit der Pomade. Ich mag glänzendes Haar!«

»Schau, den Scheitel habe ich schon exakt gezogen, nur das Deckhaar noch in die richtigen Bahnen legen und schon bin ich hübsch!«

»Du nennst Dich hübsch! Das ich nicht lache – Dein Kinn erinnert mich an die Borstenviehcher bei dem verarmten Fürsten, wo Du jetzt bald hin mußt!«

»Verarmt, verarmt, der sollte Schauspieler werden – immer das Gebarme um das Geld, dabei besitzt er die besten Pferde im Distrikt. Pferde stehen bei dem Burschen höher im Kurs als gebildete Menschen.«

»Erzähle nicht so viel, sondern hole lieber Rasiermesser, Pinsel und Seife, sonst wirst Du heute nicht mehr fertig. Eine Wirtschaft ist das hier auch – such nur – ich habe es genau gesehen, weil Du zu faul warst zum zurück laufen, landete das Rasiermesser in Deiner Tasche. Schön, wenn ich ein bißchen aufpasse, ein Frauchen existiert hier ja nicht. Die würde mich jeden Tag gut säubern, dann müßte ich nicht so trübe dreinblicken!«

»Treibe mich nicht, sonst schneide ich mich noch – schon passiert!«

»Lehrer, daß ich nicht lache – weiß noch nicht einmal – Rasieren und Sprechen paßt nicht zusammen. Lege ja das schöne Handtuch weg und nimm den alten Lappen zum Blut abwischen! Nein, nein, nein – wenn ich meine Augen hier nicht überall habe!«

»Meinst Du den alten Lappen neben der Ofenbank!«

»Den mein ich!«

»Siehst Du, nun bin ich ganz schwarz im Gesicht!«

»Trottel, eine Seite ist noch sauber. Heb lieber einmal deine Füße hoch!«

»Reicht das?«

»Höher!«

»Mehr bekomme ich meine geschundenen Beine nicht hoch!«

»Wußte ich es doch – keine Schuhe geputzt!«

»Das lohnt nicht bei dem staubigen Weg!«

»Vielleicht hebst Du einmal beim Laufen die Füße an; das Schlürfen dringt bis zu mir hinauf, da bist Du schon fast an der Ecke!«

»Wenn Du weiter meckerst, kauf ich mir einen neuen!«

»Das ich nicht lache – der Herr Lehrer mit seinem Hungerlohn – einen neuen.

Was habe ich eben gesehen? Einen Knoten im Schnürsenkel – mehr sage ich dazu nicht – Hungerleider! Jetzt führt bitte mein »Möchte-Gern-Professor« eine Verbeugung aus!«

»Was soll ich?«

»Ich dachte immer, nur die Schulkinder hören schlecht. Anscheinend leidet die Lehrerschaft ebenfalls unter dieser Krankheit!«

»Na, tief genug?«

»Wußte ich es doch, aber sofort wird ein neuer Kragen geholt!«

»Spiegel, ich gehe nicht in die Oper, sondern nur zu einem verzogenen Bengel, der mir die letzten Nerven raubt mit seiner Begriffsstutzigkeit!«

»Da Du dem Jüngling nicht viel Wissen beibringen kannst, zeig ihm wenigstens mit Deinem Erscheinungsbild, daß Du noch andere Tugenden besitzt. Wenn ich nicht aufpasse, schnappt Dich schon der Gärtner weg und stellt den Herren als Vogelscheuche im Garten auf!«

»Nun ist es genug! Die dummen Sprüche kann ich nicht mehr hören!«

»Höre, dreh um, klemm die Tasche unter den Arm, setze den Hut anständig auf, nimm den Schirm und natürlich ein sauberes Taschentuch mit. Vergiß bitte nicht, es mit ein paar Tropfen »Kölnisch Wasser« zu beträufeln, daß magst Du doch gern und eine Belebung deines Wesens tritt ein. So lahm wie der Herr Studienrat hier rumläuft, ist es vielleicht besser, wenn er gleich die ganze Flasche mitnimmt!«

»Kannst Du nicht zur Abwechselung noch ein paar nette Worte sagen!«

»Du siehst gut aus – ätsch – sage ich nicht! Der Mitesser auf der Wange, die nicht geputzten Zähne, der Fleck im Beinkleid – dies alles stört den feinen Herren nicht. Und, den wievielten Tag haben wir das Hemd an – na – ich warte!

Genau den dritten Tag!«

»Nun reicht's mir! Von meinen 3 Hemden ist dies das einzige hier im Hause.

Mein schlauer »Gegenüber«, wie soll ich wechseln, wenn die Waschfrau keine frischen Sachen bringt!«

»Wie wär's, wenn der feine Herr nicht den niederen Instinkten nach geht und anstatt eines Päckchens Tabak lieber ein neues Hemd kauft. Der blöde Qualm verschmiert mir immer meine schöne Vorderfront. Vor dem starken Husten habe ich richtig Angst. Irgendwann trifft mich so ein ekliger Auswurf und dann platze ich!«

»Mir platzt auch gleich mein mehrfach benutzter Kragen!«

»Bevor Du gehst, öffne bitte noch das Fenster!«

»Was soll ich? Lüften! Du weißt wohl gar nicht, wieviel ein Klafter Holz kostet!«

»Nie wieder hänge ich mich in einen derart armseligen Haushalt auf. Bis heute habe ich nicht verstanden, wie der Fürst mich weggeben konnte, bloß damit er diesen komischen Verzierten hinstellen konnte. Rechne ich Rahmen und Konsole ab, na mein schlauer Fürst, wer ist dann der »Größte«? Zugegeben, ein klein wenig ist der Neue im Vorteil – ein bißchen!«

»Was redet mein Kleinwüchsiger wieder für einen Mist. Du warst mein Tageslohn.

Ich habe Dich gerettet. Ein ganzer Tag Arbeit für etwas Unscharfes, zu klein Geratenes, Altmodisches – willst Du noch mehr hören? Lieber nicht, sonst springt das gute Stück noch auseinander!«

»Rede ruhig weiter, ich bin schon in einer Verfassung, wo ich den Nagel aus der Wand reißen könnte. Um die Worte des Lehrers zu benutzen: Ich bin Suizid gefährdet. Wenn der Herr nachher zurückkommt und mich mit einem neuen Lappen zärtlich streichelt, könnte bei mir eine Gemütsverbesserung eintreten.

Wohlfühlen – nein – wer mich hier einfach hängen läßt, achtlos vorbei läuft und denkt, man lächelt ihm noch hinter her, der hat nichts anderes verdient!«

»Ich soll ein Hemd kaufen, ich soll Putzlappen kaufen, ich soll Schnürsenkel kaufen – ich soll, ich soll, ich soll! Und wovon? Klug reden ist einfach, klug handeln dagegen schwierig. Für die Schönheit anderer muß ich nicht mein Geld opfern. Normal reicht ein wenig Spucke und mein Hemdsärmel – ich bin kein Augenarzt, um etwas »blindes« zum sehen zu bringen!«

»Der »feine Pinkel« spricht nicht, sondern barmt. Immer rede Dir den Frust von der Leber. Tu's dem Fürsten gleich und brülle mich an, so laut Du kannst.

Bei seinem Geschrei hatte ich manchmal Angst um meine Gesundheit. Bloß nicht noch stürzen! Nach dem Geschrei sah er verändert aus – besser, erholter, entspannter, beruhigter. Da staunst Du, was die Wirkung oder sogar die Auswirkung des kräftigen Anbrüllens eines »unbekannten Wesens« ist. Du stehst vor mir in einer Haltung; was sage ich? – besser eine unförmige Stellung mit deinen nach außen gewölbten Beinen, den Dich nach vorn ziehenden Bauch und den hängenden Schultern. Jeder laute Ton bringt ein derartiges Gerippe zum Einsturz.

Laß es, Deine Aussprache ist schon feucht genug. Manchmal fehlt mir eine halbe Stunde lang der Durchblick nach den gesprudelten Wörtern!«

»Du erinnerst mich an Worte, die in diese Richtung gehen, zumindest Andeutungsweise.

Selbstgespräche führen ist das erste Anzeichen von Irrsinn, sagte mein Hausarzt beim Herausschneiden einer lästigen Warze zu mir. Zum Glück bist Du ja da. Vielleicht komme ich doch mit einem frischen Lappen zurück.

Schon angenehmer, wenn der Gesprächspartner einen sauberen Eindruck hinterläßt!«

»Nicht, daß der für mich sein letztes Geld Hingebende denkt, er könnte mich in eine falsche Bahn locken? Nein, ich lasse mich nicht bestechen – einmal drüber wischen und schon soll ich wohlwollende Worte fallen lassen. Dann verzichte ich; lieber alt werden im Schmutz, jedoch mit einem sauberen Charakter.

Oh! Oh! Oh! Höre und sehe ich da richtig! Ein dumpfer Ton und ein Flattern der Hose im hinteren Teil. Kein Wunder, daß sich da meine Blicke trüben. Ich predige und predige, weißt Du, wie mich das anstinkt, daß meine Worte unerhört bleiben, obwohl dieser Mensch vor mir zwei

Ohren besitzt; die in einem Winkel von 37 Grad vom Kopf abstehen, was bei einer Anrede von vorn vorteilhaft, jedoch von hinten Probleme bereitet. Nun zum wiederholten Male, iß nicht immer Schtschi, auch wenn es deine Lieblingsspeise ist. Anstatt viel Kohl zu essen, solltest Du es lieber mit Haferbrei und Grütze versuchen.

Dazu noch das obergärige Bier. Manchmal denke ich, ich hänge in einer Klärgrube.

Dein Blubbern im Bauch erinnert mich jedoch an noch etwas, und zwar an den Sauerteig, der in der fürstlichen Küche stand. Nach anstrengenden Tagen war das für mich immer beruhigend, den aufsteigenden Blasen im Glas zuzuschauen.

Ich merke schon, der Junggeselle kann mit emporstrebenden Luftlöchern nichts anfangen; die Rede ist vom Brot backen, mein besonders Schlauer.

Für mich war das eine herrliche Zeit im fürstlichen Flur, gleich neben der Küchentür.

Zwar hörte ich dort auch das Blubbern der Köchin, doch das war eine Frauenstimme, die durch den Küchendunst etwas belegt wirkte, ja fast derb; doch nach zwei Gläsern Met, den sie natürlich selber herstellte, klang ein süßer Ton herüber, der mich fast an Honig erinnerte. Lieber nicht, wenn sie mit den klebrigen Fingern vorbeiging, hatte ich etwas Angst, um mein Spiegeldasein. Viel schöner erschienen mir die Momente, wenn sie mit dem Gänsebraten auf dem Tablett schnellen Schrittes durch marschierte – ewig träumte ich noch von dem herrlichen Anblick. Sehe ich den trockenen Kanten Brot in deiner Hand, möchte ich am liebsten wegschauen – doch wohin? Viel trostloser ist es bestimmt im Kloster nicht! Zumindest besteht hier die geringe Chance, einmal ein Weibchen zu sehen, welches mit offenen Haaren und roten Lippen vor mir steht – schön nach Veilchen riechend, denn die mag ich sehr gern. Entschuldige! Ich weiß, Du hast Probleme mit diesen zarten Wesen. Den Kindern den großen »Problemlöser«

vorspielen, dabei … – lassen wir das! Nicht ganz; da taucht doch gleich meine Lieblingsfrau – engelsgleich – vor meinen Augen auf. Ein bißchen wirre bin schon im Kopf, wieso komme ich von Gänsefedern auf Engel; dieses volle Wesen ist jedoch mein Lieblingserscheinungsbild – oder meine Wunschfee. Sie ist ledig, geschickt, häuslich, bescheiden, christlich, sauber, zuvorkommend, hilfsbereit und ihre Rose ist noch nicht verblüht. Mir scheint, sie ist Dir sehr zugeneigt.

Entschuldige, dies entnehme ich den Worten, bei Deiner Wiederkehr vom Fürsten, die Du unter Stöhnen hervorbringst. Welch vorzügliches Essen setzt sie Dir immer vor, und der Herr »Frauenmeider« bringt kaum das Wörtchen: »Danke« hervor. So kann das nicht weiter gehen, ich altere zusehends und verblasse – Du weißt – jeder braucht im Alter mehr Pflege. Paß auf! Dank meiner Hilfe siehst Du heute für deine Verhältnisse ganz gut aus. Nutze dies! Also, nach dem Unterricht, wenn der Lehrer in der Küche bei der Köchin sitzt, öffnest Du den Mund nicht nur zum Essen und Trinken, sondern fang ein Gespräch an – kein Selbstgespräch – sondern unterhalte Dich mit dem drallen Weibchen, so wie ein Lehrer mit den Schülern, nach bestimmten Regeln:

1. Regel:
Beginne ein Geplauder immer mit einem frauentypischen Lob für ihr Aussehen, der netten Kleidung, dem strahlenden Gesicht, den geschickten Händchen ..., da sind den Worten keine Grenzen gesetzt. Jede Frau merkt diese übertriebenen Schmeichelein, trotzdem empfindet sie dies recht angenehm.

2. Regel:
Rede nie über andere Frauen. Der schlimmste Fall tritt ein, wenn Du sagst: »Sie können ja fast so gut kochen wie meine Mutter!« »Dann kann ja das Muttersöhnchen zu seiner Matroschka gehen!« Das war's dann! Ein Fehler, der nur mit großer Mühe zu reparieren geht.

3. Regel:
Unterbrich Frauen nicht in ihrem Redefluß, oder gar schlimmsten Falles

eine Berichtigung, eine Korrektur, eine Wiederlegung – einfach zuhören und nicken. Daraus resultiert die vierte Regel.

4. Regel:
Frauen haben immer recht. Das ist unbedingt zu beachten, um ein liebreizendes Wesen sein eigen zu nennen und damit keine Ernährungsprobleme auftreten.

5. Regel:
Versetze Deine Auserwählte in angenehme Verlegenheiten – bringe sie zum Erröten. Nicht knallrot – nein – aber etwas Farbe im Gesicht steht jedem weiblichen Wesen. Höre gut zu: »Manchmal denke ich, Sie sind auf Grund ihres Charmes und der Intelligenz eine Schülerin von mir!« Merke Dir den Satz! Nicht einfach so daher sagen! Sondern die passende Gelegenheit ist wichtig.

6. Regel:
Zärtlichkeiten! Mund zu! Nicht so gieriges Männerdenken. Ich erkläre jetzt, was zärtlich ist. Wenn Dir nachher die unerkannte Schönheit etwas zureicht, dann stell Dich ein bißchen ungeschickt an; was ja nicht schwer fallen dürfte; greif daneben und berühre ihre Hand – zärtlich! Nicht plötzlich wegziehen, einfach abwarten und Händchen auf Händchen liegen lassen. Wenn sie die Hand vorsichtig zurück nimmt, etwas durcheinander redet, ein Leuchten in den Augen flackert, das Blasse aus dem Gesicht verschwindet – so kannst Du froher Hoffnung sein.

7. Regel:
Erzähle nie von Deinen Krankheiten, sondern gewisse Schwächelein entstehen durch Überarbeitung und der geringen Bewegung an der frischen Luft. Ein Spaziergang durch die wunderschöne Natur mit einer hilfreichen Partnerin an der Seite, stellt natürlich das ergötzlichste Vergnügen dar. In einem schönen Gespräch könnte ich erfahren, welche Kräuter und Pflanzen die Schmackhaftigkeit des Essens steigern.

8. Regel:
Jeder normale Mensch liebt kleine Kinder. Sprich von diesen liebreizenden Wesen in den allerhöchsten Tönen. Das Du in der Lage bist, eine große Familie zu ernähren, verschweige bitte, wäre auch gelogen. Lieber von einem begüterten Elternhaushalt sprechen, wo Du trotzdem die Sparsamkeit gelernt hast.

9. Regel:
Heute bleibst Du nicht träge am Tisch sitzen, sondern reichst hilfreich das Händchen. Eine richtige Köchin arbeitet lieber alleine. Darum keine Angst, jedoch eine nette Geste die ankommt.

10. Regel:
Keine Lehrergesprächsführung, sondern Worte der Art: »Genauso denke ich auch; Sie sprechen meine Gedanken aus; Ich bin der selben Meinung; die Ähnlichkeit der Gesichtspunkte ist verblüffend … – das beherrscht mein Gelehrter aus dem Eff, Eff. Damit kein Problem.

11. Regel:
Übe keinen Druck aus und lege Termine fest. Eine Frau muß das Gefühl besitzen, Sie entscheidet. Das ist bei den meisten russischen Ehen nicht der Fall, darum sind solche Beziehungen nicht durch Liebe, sondern durch Haß und Gewalt gekennzeichnet. Das soll heute nicht unser erstrebenswertes Ziel sein.

12. Regel:
Das war der Start, um einen weiteren erfolgreichen Verlauf zu garantieren, muß die Auserkorene klar und deutlich das Ziel erkennen. Anders ausgedrückt, nach dem ersten zärtlichen Händeauflegen sollten Taten folgen, also bewußt die Hände greifen; selbst wenn Essenreste noch daran kleben; dazu eine streichelnde Bewegung ausführen. Schon ein tiefer Blick in ihre Augen bringt den Fluß der Gefühle in Bewegung. Diesem sinnlichen Gedankenaustausch könnten dann gemeinsame Unternehmungen folgen.

Mein »Ungeküsster« versteht doch die Wörter in gebührender Form zu präsentieren, lies eine schöne Stelle aus einem romantischen Buch vor. Spare mit Licht, eine Kerze genügt, dann sitzt ihr enger zusammen.

13. Regel:
Frauen und Männer unterscheidet nicht nur das Geschlecht, sondern die Verschiedenheiten treten in den vielfältigsten Formen auf. Nur ein paar markante Beispiele zu den Frauen – wobei es natürlich immer Ausnahmen gibt – also: teilweise lange Reden ohne den Kern zu treffen, dafür sind Schönheit und begehrenswerter Anblick gute Gegenargumente; einer monatlichen Unpäßlichkeit steht ein stabiler Körperbau gegenüber; der Leichtigkeit im Haushalt ist eine Schwerfälligkeit im Rechnen entgegenzusetzen; das Zusammenleben der Frauen untereinander ist mit schwierig zu bezeichnen, dagegen wird mit Leichtigkeit eine Beziehung zum Manne angestrebt; der Wunsch nach schöner Kleidung ist im Zusammenhang mit der Bescheidenheit beim Essen zu sehen; die Mutter kann nie der Richter des eigenen Kindes sein, dafür besitzt sie jedoch mehr Gefühle, um Recht über andere zu sprechen; Frauen haben eine zweite Sprache erfunden: die Schwatzhaftigkeit, darum benötigen sie keine Zeitung; die Funktionen von Frauenkörperteilen unterscheiden sich oftmals von den männlichen: so dienen kräftige Oberschenkel nicht dem schnelleren Laufen, sondern sind eine Zierde – ein starker Unterbau ist nicht hilfreich beim Tragen, vielmehr für die Fortpflanzung – langes Haar ist nicht nur gut zum Sonnenschutz, viel mehr Anwendung ist in dem Bereich der zwischenmenschlichen Beziehungen zu finden; das weibliche Geschlecht bewegt den Körper langsamer, gediegener, ist dem entgegen oftmals schneller im Ziel; eine impulsive Entscheidungsfreudigkeit erhöht zwar die Fehlerquote, ist jedoch in den Augen der Selbigen kein Problem; Geld ist in den Händen der Frauen oftmals ein Spiel, das sie verlieren; auf der Suche nach Schutz und Geborgenheit kommt das Weibchen manchmal in die falschen Hände; das Wissen um die Bedeutung – ein Objekt der Begierde darzustellen – dient vieler Orts der persönlichen Verbesserung; durch das mittlere, hintere Stück der Frauen wird nicht nur eine Verbes-

serung der Sitzhaltung ermöglicht, sondern weit wichtigere Funktionen, auf deren Bedeutung ich nicht tiefer eingehen möchte, sind da zu nennen; besitzt die Frau einen angemalten, roten Kußmund ist dies nicht nur auf gewisse, gehobene Vermögensverhältnisse zurückzuführen, sondern sogar das Gegenteil ist oft der Fall – ein Instrument, zur persönlichen Besserstellung; spricht die Ehefrau den Gatten mit einem Kosenamen an, dann gibt es Arbeit (richtig viel); kommt zu dieser lieblichen Anrede noch Zärtlichkeiten und Kosungen der charmantesten Art dazu, dann wird die Angelegenheit richtig teuer; fängt die Frau an, die Gewohnheiten in eine andere Richtung zu lenken – Männer aufgepaßt – meist denken diese Geschöpfe, sie besitzen ein unausgefülltes Leben, welches mit noch lebenden, männlichen Bewohnern ausgefüllt werden muß; die schöne Form des Busens führt nicht nur bei Babys zu Handgreiflichkeiten; der Vorteil der Frauen sind zwei gleichwertige Seiten, wobei die Hinterfront oft sogar höher einzuschätzen ist; wie sagt eine Groteske: Die Frau, ein unergründliches Wesen. Über Männer möchte ich mich nicht äußern, da ich diesem Geschlecht angehöre. Eine Selbsteinschätzung fällt entweder übertrieben positiv aus bzw. das glatte Gegenteil ist der Fall: eine unterwürfige Geringschätzung.

Einfach gesagt: ein Mann dient der Nützlichkeit und nicht der Schönheit. Herr Lehrer! DER Spiegel ist männlich.

14. Regel:
Beachte keine Regel, laß einfach das Herz entscheiden. Je mehr Du versuchst keine Fehler zu begehen, um so höher wird die Fehlerquote. Einzige Bedingung dabei, Du benötigst ein funktionierendes Herz, das richtig pocht bei der kleinsten Annäherung an das feminine Ziel.

Im Prinzip bin ich viel zu zerbrechlich, um mich mit Themen auseinander zu setzen, die bei Dir eine Zornesröte im Gesicht und geballte Fäuste, hervorrufen.

Ein Mann der Wissenschaften besitzt oft ein bescheidenes Wissen über die Frauen allgemein und im besonderen über die nach seinen Berechnungen »Zutreffende«.

Ich muß nicht den Glanz meiner Schönheit mit Worten trüben, die in einem leeren Körper, der in einem hohlen Raum steht, keinen Wiederhall finden.

Wenn das wirklich mit der Köchin klappt, könnte ich vor Freude platzen.

Darum paß auf, nicht daß das fleischige Weibchen unverhofft in meiner Nähe auftaucht. Du weißt, Frauen benötigen einen Spiegel und ich jetzt meine Ruhe.

Ich habe es geahnt! Ich wußte es! Ich täusche mich nie! Dieser verarmte Landlehrer kommt nie zu einer Frau und ich zu einem sauberen Angesicht. Sag nichts! Dein Gang! Dein Blick! Dein Ausdruck! Auseinander springen könnte ich bei Deinem jämmerlichen Anblick. Deine Worte! Ich kenne schon jedes Wort im voraus: das weibliche Geschlecht bringt Unruhe und Nervosität ins Dasein und wirkt deshalb störend auf die bedeutungsvolle, wissenschaftliche Arbeit. Komme mir bitte nicht unter die Augen!«

»Jammerlappen!«

»Meckerer!«

»Frauenhasser!«

»Fliegenklo!«

»Landei!«

»Hängender!«

»Bettler!«

»Klugscheißer!«

»Ungepflegter!«

»Beschmierter!«

»Pupser!«

»Besserwisser!«

»Barmer!«

»Noch ein Wort und Du landest in der Truhe!«

»Du bist eitel, der »feine Pinkel« benötigt mich!«

»Manchmal glaube ich wirklich an Selbstgespräche mit dem Spiegel oder brachte mich der Doktor auf die Idee? Ich sehe ihn immer noch brummelnd vor dem Patientenspiegel in seiner Praxis stehen!«

»Wer sagt's denn, ihm kommt eine kleine Erhellung. Bestell den Maler, der die Wände schön weiß streicht, vielleicht komme ich dann auch auf bessere Gedanken. Ich vergaß: Du bist das Spiegelbild der Armut und wirst es auch bleiben. Schluß! Aus! Nichts hören! Nichts sagen! Nichts sehen!«

Eins ist gewiß, fange ich ebenfalls Selbstgespräche an, gehe ich nicht zum Doktor. Der schickt einen dann zu einem Spezialisten, dieser runzelt die Stirn mit den Worten: »Das dauert!« Zum Glück hat meine Heldentat schon bewiesen: Ich bin kein Frauenhasser. Nicht schon wieder Frauen, die lenken immer ab, obwohl das bei der jämmerlichen Gestalt meines Lehrers recht einfach ist.

Mag mein Studiosus nicht der Fleißigste, mag er nicht der Korrekteste, mag er nicht der Schlauste gewesen sein – eine Tugend beherrschte er jedoch in Vollendung – die Sprache. Reden kann im Prinzip jeder Mensch, das ist eine angeborene Fähigkeit, die es gilt, weiter zu entwickeln. Er verstand es den Worten einen Ausdruck zu verleihen, der ihn immer als den Wissenden, den Gelehrten, den Intelligenten, darstellte. Bewies jemand meinem Lehrer mit unumstößlichen Worten die Falschheit seiner Theorie, so verstand er es sehr geschickt dem Ganzen eine Wende zu geben, die ihn in das hellste Licht stellte. Ihm sei schon bewußt, daß manch Außenstehender nicht den tieferen Sinn der gewollten »Falschheit« erkennt. Nur wer das »Unwahre« erblickt sieht den richtigen Weg. Er redet erst drum herum und erkennt dann an den Reaktionen des »Gegenüber«, mit wem er es zu tun hat. Dem Menschen gleich das fertige Menü in den Rachen zu stopfen ist ja einfach. Besser dagegen, ihn zu animieren, Messer und Gabel zu benutzen, um langsam auf den Geschmack zu kommen, vielleicht fehlt noch eine Zutat. Mit dieser Methode verschaffte mein »Studienrat« sich diverse Anstellungen. Wie mein Vater, benötigten viele eine längere Zeit, um die wahren »Qualitäten« des »Redegewandten« zu erkennen.

Ein gewisses Grundwissen – eine Klassifizierung bzw. eine Einordnung des Leistungsvermögens steht mir nicht an – war schon vorhanden; doch dies stellte er so undeutlich, ja fast umständlich und verworren dar, womit die Hauptfunktion des Lehrers: die Vermittlung von Wissen überhaupt nicht klappte. Ganz schlimm, er überspielte das Manko mit »Feuereifer«, wobei er mit seinem Eifer bei den Schülern nicht das Lernfeuer entfachte. In biologischen und astronomischen Dingen verweilte er oft genüßlich mehrere Stunden in den verschiedensten Betrachtungsarten. Beim Thema Nachtschattengewächse benutzte er zur bildhaften Darstellung den Karnickelstall seines Nachbarn, denn dieser verlor durch eine Krankheit sämtliche Tiere. Dort, wo vorher die fetten Hasen lagen, standen nun Tomatenpflanzen. Zur Verdunkelung hatte er vor den Stall Kartoffelsäcke gehängt, die er nur zum Gießen entfernte. Tatsächlich entwickelten die Pflanzen kleine Tomaten. Voller Stolz erzählte er mir die Geschichte. Auf meine Bemerkung hin, daß Tomaten auch bei dunkler Lagerung noch nachreifen, jedoch in der Wachstumsphase mit Sonnenlicht eine wesentlich bessere Reife erlangen; die erwartete Antwort: Tomaten unterliegen anderen biologischen Prozessen, als etwa der Apfel, dies jedoch genau zu erläutern würde zu weit führen.

Bisher erzählte ich nur über gute bzw. auch von nicht sehr bedeutsamen Tugenden meines Erziehers. Der Spiegel hat zwar eine differenzierte Betrachtungsweise, die höchstens für die erste rein oberflächliche Sichtung genügt. Das äußere Erscheinungsbild eines Lehrers ist jedoch von entsprechender Bedeutung, da schon hier der Grundstein für eine solide Ausbildung gelegt wird. Oft sind die Kinder mehr mit einem Fleck auf der Garderobe oder einem Mitesser im Gesicht beschäftigt, als den wohl gesonnenen Worten des »Wissenvermittlers«

zu lauschen. Auch ein Hut, ein Gehstock oder sogar ein Loch im Strumpf können für längere Zeit das Interesse der Jugend erregen. Einfach ausgedrückt, wenn mein ehrenwerter Studiosus das Zimmer betrat, hatte ich immer den Eindruck, es geht der Vorhang auf, verglichen mit einem Theater. Ich will dies jetzt nicht weiter benennen, denn der Mensch sollte sich nicht nur mit Oberflächlichkeiten beschäftigen – es war interessant.

Bei vielen Menschen vermittelt der »Schein« nicht das wahre »Sein«. Das bedarf keiner dutzendfachen Aufzählung, wo ein schön gekleideter Mann die dümmsten Sprüche heraus posaunt oder ein intelligenter Mensch in ärmlicher Bekleidung erscheint. Wer ein wenig überlegt, ist mit ein paar Beispielen sofort zur Stelle. Naja, die heut zu Tage sehr beliebten Gesellschaften; aus welchem Anlaß auch immer; bieten einen guten »Anschauungsunterricht«. Wer nur anschaut und nicht zuhört bemerkt kaum, daß viele Männer, die nach der aller neuesten Mode gekleidet sind, die altmodischsten Theorien vertreten. Sie wollen jugendlich wirken, doch was der Jugend eigen ist: das Spontane, das ohne Vorurteile herangehen, das Unbekümmerte – das fehlt. Mit der Erneuerung der Kleidung erneuere ich nicht mein Wissen. Unbestritten ist dagegen, daß ein schöner und gut gekleideter Mensch schneller zu Ruhm und Reichtum kommt.

Soll dies dann von Dauer sein, bedarf es noch Tugenden, die nicht äußeren Einflüssen unterliegen – also hohen Ansprüchen genügt, wobei die Skala der Ansprüche, ähnlich einem Thermometer, hin und her pendelt. Ein wirklich intelligenter Mensch gelangt immer zum Erfolg, sollte man meinen. Hier findet ein jeder bestimmt Gegenbeispiele, wo Wissen nicht zu einer Besserstellung des Betreffenden führte.

Komisch, lauscht man den Damen bei ihren Gesprächen auf den Gesellschaften, steht das »Äußerliche« im Vordergrund. Teils ist dies durch das weibliche Geschlecht bedingt oder ihnen fehlen die Möglichkeiten der Bildung. Die Augen der Frauen leuchten im Beisein eines galanten, dem Amüsement huldigenden, jungen Mannes; jedoch erfolgt eine Abwendung des Blickes bei politischen oder wissenschaftlichen Themen. Will ein Mann nun die Leiter des Erfolges emporsteigen, bedarf dies der Hilfe von Frauen, die die Leiter festhalten und nicht ansägen. Um hinauf zu steigen, müssen alle Sprossen stabil sein:

- unbedingte Gehorsamkeit
- das Wohlwollen der entscheidenden Frauen ist von Nöten
- eine fast gnadenhafte Unterwerfung den Vorgesetzten gegenüber - das Akzeptieren eines geringen Lohnes
- nie die bessere Intelligenz zeigen
- die eventuelle Armut verbergen durch überteuerte Kleidung

Niedrige Mittel müssen oftmals her halten, um die hohen Ideale zu verwirklichen.

Die Welt ist schon verrückt – nicht der Mensch – sondern sein Hab und Gut stehen an erster Stelle, das er sich, wie auch immer, erworben hat.

Mein Lehrer gehörte nicht zu den Gästen der elterlichen Gesellschaften. Ich erinnere mich an eine Diskussion, wenige Tage nach dessen Dienstantritt in unserem Hause, ob er in die Gesellschaft eingeführt werden müsse. Eine chronische, zu bestimmten Anlässen auftretende Krankheit, verhinderte sein Erscheinen.

Er verstand es dermaßen das Erscheinungsbild, womit wir wieder beim Thema wären, so zu verändern, daß ein jeder glaubte, der Patient befindet sich in einem jämmerlichen, bemitleidungswürdigen Zustand. Nicht nur bei ihm konnte ich feststellen, daß Menschen es verstehen, den äußeren Schein dermaßen zu verändern bzw. den notwendigen Bedingungen anzupassen. Fast auf Befehl verstand es mein Lehrer, kränklich auszusehen, aber anders herum zauberte er ein Lächeln in das von Demütigungen strapazierte Gesicht. Das gelang dermaßen perfekt, wo man fast glauben könnte – Übung macht den Meister. Wieso ich darauf komme? Meine Krankenmaske, die ich oft vergeblich in mißlichen Situationen versuchte aufzusetzen, war eher zum Lachen als zum Weinen. Der Mensch besitzt nun unterschiedliche Begabungen. Mein Pantomimekünstler verstand sogar die Kunst, seine Worte mit dem dementsprechenden Gesichtsausdruck zu untermalen. Oft konnte der Mund die sprechende Funktion einstellen, so differenziert habe ich kein anderes Gesicht in meinem ganzen späteren Leben erlebt.

Besonders putzig fand ich immer die Bewegungen der Ohren. Erzählte er vom Reiten, so bewegte er tatsächlich die Ohren ein klein wenig nach oben und unten. Seine Gesichtshaut schien ein Muskel zu sein, der widerstandslos alle Befehle ausführte.

Warum ich dies so ausführlich beschreibe? Schließlich besitzt ein Schüler genügend Zeit, um das Objekt Lehrer genauestens zu studieren. Trotzdem passieren Ungenauigkeiten, ja fast Fehler, bei einer Einschätzung. Bekam der Schüler Lob – ein guter Lehrer; bekam der Schüler Tadel – ein schlechter Lehrer.

Darum möchte ich die Tugenden, Äußerlichkeiten, Gewohnheiten, Macken nicht bis in das kleinste Detail betrachten, da dies meine persönliche Betrachtung ist und ich nicht unfehlbar bin. Vielmehr wollte ich eine Episode aus unserem gemeinsamen Schaffen erzählen. Gegen die Spaziergänge in die Natur hatte ich im Prinzip nichts einzuwenden. Doch an diesem Tage herrschte Frost, ein stiefelhoher Schnee bedeckte den Boden und mein Magen erhielt durch die verschiedensten Gründe noch nicht ausreichend Nahrung. Meine Einwände und ein gekünsteltes Betteln hatten nicht den erhofften Erfolg. Im Gegenteil, Fußlappen und eingefettete Filzstiefel standen schon einsatzbereit am Ofen.

Eins kann man ihm nicht abstreiten – die Gewissenhaftigkeit. Schon am Tage vorher verteilte er eine Unmenge an Futter und anderen Utensilien, um das Leben der Tiere im Winter studieren zu können. Wir fanden Reste von Mohrrüben, Heu, Brot, aber auch Blutspuren färbten den Schnee rot.

»Schau hier, das sind die Spuren eines Hasen und wovon hat er genascht?

Natürlich von den Möhren!«

Der Frost schien seine Gesichtsmuskulatur zu erstarren, doch der Blick – was sage ich? Das entsprach fast einem zielgenauen Strahl auf einen Punkt. Noch nie vorher schaute er mit einer Kraft und Anstrengung auf einen Punkt, wie in diesem Augenblick. Ich kannte ja sein Possenspiel, reagierte mit einer demonstrativen Abwendung und ging weiter. Scheinbar war der Blick trotzdem immer noch nicht scharf genug, denn plötzlich lag er im Schnee und untersuchte etwas.

»Ein Wolf! Du brauchst jedoch keine Angst zu haben, er ist allein. Scheinbar ist er verletzt, denn die hintere Pfote hinterläßt eine blutige Schleifspur im Schnee!«

Plötzlich fing mein Kopf an die Tierfibel durchzustöbern – was sag ich – es rasselte. Wolf! Wolf! Wolf! Gefährliches Tier; lebt meist im Rudel; ältere und kranke Tiere sondern sich ab; scheut die Menschen; Angriff nur bei Gefahr. Viel mehr fiel mir in der plötzlichen Eile nicht ein. Viel mehr benötigt der Mensch auch nicht an Wissen, um die Gefahr zu erkennen.

Ich erkenne noch etwas anderes: einen Gesichtsausdruck bei meinem Lehrer, den ich vorher noch nie gesehen habe. Da ist man fast tagtäglich zusammen und entdeckt immer wieder neue Nuancen und Veränderungen bei jemandem, wo er im Prinzip ein offenes Buch ist und man nur nachschauen muß, auf welcher Seite man sich befindet.

Ich kann jedoch in dem Lebensbuch meines Mitstreiters blättern und finde nicht die geeignete Stelle, um Situation und Ausdrucksweise zu definieren. Demnach besteht die Pflicht zur Erforschung eines neuen Zustandes, um in dieser brenzligen Situation gemeinsam zu Handeln. Er hat Angst! Gemeinsames fällt damit aus! Es ist zwar kalt, doch mir ist es heiß – mein Gefährte zittert! Bestimmt nicht vor Kälte! Was passiert, wenn wir wirklich einen Wolf treffen, wo schon allein seine Spur ein totales Chaos auslöst.

»Es ist schon spät, besser ist es umzukehren. Wir haben ja auch viel gesehen und gelernt. Ich hätte nie gedacht, wie interessant ein Winterspaziergang im Wald sein kann!«

Bloß nicht das Thema Wolf ansprechen, immer schön ruhig bleiben. Na ja!

Zu Hause werde ich ihn nicht hänseln, jedoch hat mein furchtloser Lehrer bewiesen, Wort und Handlung sind zwei grundverschiedene Dinge. Nicht schlimm – nichts passiert! Kein Mensch ist vollkommen, bloß er muß zu seinen Schwächen stehen.

»Das denke ich ebenfalls, mir ist es kalt und hungrig. Bis wir zu Hause ankommen, vergehen bestimmt noch zwei Stunden. Hat es Dir denn wenigstens etwas Spaß bereitet?«

Ich blieb ihm die Antwort schuldig, lieber schaute ich mich nach einem geeigneten Knüppel um – noch war ein langer Weg zu bewältigen. Ich fand auch bald den geeigneten und lobte das Stück Holz als große Hilfe beim Laufen.

Unbesorgt fand langsam der große Tierkenner die ihm angeborene Ruhe wieder, denn um zurück zu kehren, brauchten wir nur unseren eigenen Spuren zu folgen.

Doch auch Tiere können Fährten lesen, denn keinen Schneeballwurf von uns entfernt stand mitten in unserer vorherigen Spur der Wolf.

Noch nie vorher habe ich in meinem Leben einen ausgewachsenen Wolf gesehen. Viele Geschichten erzählen die Menschen, wo meistens der Erzählende den Kampfplatz als ruhmreicher Sieger verläßt. Doch wer hier kämpft oder reißaus nimmt – ??? Ich schaue nach rechts und da war er wieder, der mir bisher unbekannte Gesichtsausdruck. Nach kämpfen sah das nicht aus, eher nach Flucht.

Losrennen – hinfallen – Wolf im Nacken: keine gute Lösung. Kämpfen! Ich kämpfe!

Wären da nicht die großen Zähne des Wolfes, die auch schon bei dieser Entfernung deutlich zu sehen waren. Ich vergaß, er hat ja nicht nur scharfe Zähne, sondern auch eine Verletzung, die ihn vielleicht daran hindert, selbst die Flucht zu ergreifen, schließlich sind wir zwei – ein Großer und ein Kleiner. Da müßte bei normalem Verlauf der Wolf Angst haben. Hat er aber nicht, im Gegenteil, er fletscht mit den schon erwähnten scharfen Zähnen.

Also Vorbereitung zum Kampf! Normal versuche ich meinem Lehrer keine Fragen zu stellen. So halte ich es auch in diesem Fall. Was soll er antworten mit klappernden Zähnen, die ein Sprechen unmöglich erscheinen läßt. Seine Geste – ich bin zu keiner Handlung fähig. Nun mein Lehrerchen bleib hier schön stehen, ich besiege schnell den Wolf und dann gehen wir gemeinsam nach Hause und plaudern am warmen Ofen über den Sieg. Der Gedanke schien bei mir einen Impuls auszulösen, denn ich rannte mit wildem Geschrei los, schlug dabei mit meinem Knüppel gegen die Bäume, so daß der Schnee herunter fiel und näherte mich schnell dem riesengroßen Tier mit dem offenen Maul und den vielen Zähnen darin.

Was tut der Wolf? Was tut der Wolf? Diese eine Frage, diese alles entscheidende Frage. Vielleicht sogar die Antwort, eine Entscheidung auf Leben und Tod! Ich bleibe an einem Zweig hängen! Ich komme ins stolpern! Ich darf nicht stürzen! Ich schaffe es!

Mit letzter Kraft und einem erbärmlichen Geschrei erreichte ich mein Ziel.

Ein Blick nach links – nichts; ein Blick nach rechts – nichts. Wild entschlossen, mit geschwungenen Knüppel, drehe ich mich um und was sehe ich: einen versteinerten »Mann« und keinen Wolf. Tatsächlich zog das Ungetier den Schwanz ein und verschwand. Bei der Größe dieses Monsters ein ungewöhnlicher Vorgang.

Ich – ein Knabe; er – ein ausgewachsenes, wildes Tier ... ungleicher hätte ein Kampf nicht sein können. Bisher hatte ich keinen Namen, doch nun darf mich jeder David nennen. Und siehe da, das Männchen kann wieder sprechen: »Mein kleiner Held!«

III

Der Leser der Geschichte wird in Verwunderung ausbrechen, kaum ein Wort über meine Eltern. Doch jetzt: Sie sind da. Damit ist im Prinzip das Thema abgeschlossen.

So einfach sollte ein wohl erzogener Junge aus gut bürgerlichem Hause nicht handeln. Ich weiß schon mich zu benehmen, schließlich legte mein Lehrer auch auf dieses Gebiet großen Wert. Was, das habe ich noch nicht erwähnt, muß ich auch nicht, die Welt besteht nicht nur aus einer Lehrerschaft; obwohl die dominante Rolle ihnen liegt; sondern die Zeit ist angebrochen, um die Dinge zu nennen, die bei einem jungen Menschen noch existieren. Da stehen nun an erster Stelle meine Eltern. Ihnen habe ich alles zu verdanken: meinen Wohlstand, meine Bildung, mein Aussehen. Ich höre lieber auf! Für die Bildung besaß ich einen Lehrer und das Aussehen stammt bewiesenermaßen vom Pferdeknecht.

Jetzt habe ich es, den Namen! Mein zweiter Vorname ist der Name des Vaters.

Na bitte! Ich weiß gar nicht, wie der »Stallausfeger« angeredet wird. Will ich nicht mehr wissen – das Thema ist erledigt. Schluß! Aus! Sprechen wir weiter über die lieben Eltern.

Beide sind im mittleren Alter – ganz schön alt! Meine Mutter entspricht etwa dem jungen mittleren und mein Vater dem späten mittleren Alter. Genauer kann ich das nicht beschreiben, denn Zahlen nennt hier keiner. Will ich auch gar nicht wissen, schließlich spielt es im Leben eines Jünglings keine Rolle, ob er einen Mensch mit wenigen oder mit vielen Lebensjahren begrüßt. Nicht, daß Sie nun denken, nach der morgendlichen Begrüßung sind sie verschwunden.

Ganz und gar nicht, ich sah sie noch weggehen: Mein Vater in sein Büro oder über den Hof zu den Bediensteten; meine Mutter bevorzugte das Amüsement, das darin bestand, auszureiten oder jemanden zu besuchen – nicht nur Verwandtschaft; darin war sie nicht wählerisch, Hauptsache etwas tratschen. Wir hatten zum Glück noch eine Zofe, Dienstmädchen, Gouvernante – die Bezeichnung spielt in dem Fall eine untergeordnete Rolle.

Sympathisch, sehr sympathisch. Seit meiner Geburt ist sie ständig bei mir, fast einem Schatten gleich. Das bürgt natürlich positive und negative Seiten, denn mein Schatten war immer da, auch wenn die Sonne nicht schien. Über die Eltern gibt es nicht viel zu berichten, dann erzähle ich lieber über meinen Schatten.

Ein Schattenbild entsteht immer, wenn die Sonne oder ein Licht auf etwas schaut. Im Laufe der Jahre bekam ich zu Gehör, daß ich in einer Nacht vom Sonntag zum Montag geboren wurde. Meine Mutter tat sich etwas schwer bei meiner Geburt, obwohl ich nachher als zu leicht eingestuft wurde. Die Hebamme zog mich heraus und wer schnitt die Nabelschnur durch? Richtig unsere Zofe! Ich erblickte demnach das Licht im Schatten eines jungen, hübschen Mädchens.

Woher ich das weiß? Die Beteiligten der Geburt heraus zu bekommen, war nicht das Problem. Mein Wissensdurst schlug Kapriolen – ein normaler Mensch will viel wissen und ich wollte erfahren, wie und unter welchen Umständen ich auf die Welt gekommen bin. So weit mir dies möglich erschien, habe ich die Geburt nachgestellt. Was? – Ja! Dazu zog ich die Vorhänge des elterlichen Schlafzimmers zu – wie mir bekannt war, spielte sich der Vorgang der Niederkunft in der Nacht ab. Zündete die auf dem Nachttisch stehende Kerze an, um mich anschließend in das Bett der Eltern – auf Mutters Seite natürlich – zu legen. Zuerst versuchte ich die Position der drei beteiligten Personen zu markieren. Meine Mutter – kein Problem; die Hebamme – kein Problem; die Zofe – kein Problem, denn um die Nabelschnur durchzuschneiden, muß sie sich zwischen der Kerze und meinem Erscheinungspunkt befunden haben.

Zusammengefaßt: Ich erblickte an einem frühen Montag Morgen im

Schatten der Zofe das Licht der Welt. Na gut, Licht ist vielleicht nicht der treffende Ausdruck – im verdeckten Licht. Frohen Mutes, daß meine Schattentheorie stimmt, verfiel ich fast in eine Art »Wiedergeburtstraum«. Kein Mensch hat Erinnerungen von der Geburt, aber eben einen Traum. Jetzt bin ich in dem Alter, wo nicht nur der reine Vorgang, sondern auch die medizinischen Prozesse und eventuelle Komplikationen mit in Betracht gezogen werden. Nun weiß ich, die Geburt ist der wichtigste Faktor in der menschlichen Gesellschaft. Ohne Nachwuchs kann keine Weiterentwicklung erfolgen. Demnach ist ein neugeborenes Kind das wichtigste Gut einer Nation, eines Staates, einer Familie – ein unbedingt notwendiges »Muß«, um als Gesellschaft, Familie … weiter existieren zu können.

Das sollte jeder Zar, Kaiser, König, Seelenbesitzer, Vater – im Prinzip jeder, der direkt oder indirekt mit dem willkommenen Neuankömmling in Kontakt gerät, berücksichtigen. Von der ersten Sekunde an ist das neue Menschenleben als ein Wesen zu betrachten, das ein Herz und eine Seele hat. Im Laufe der Jahre bekam ich jedoch die unglaublichsten Geschichten zu Gehör, wo dies nicht der Fall war. Darauf möchte ich nicht weiter eingehen, doch interessierten mich diese, man kann wirklich fast sagen – Absonderlichkeiten – besonders. Bloß meine Neugier existierte schon, bevor ich ein kleiner Held war bzw. das Rätselraten um die väterlichen Obliegenheiten noch nicht kannte.

Das genaue Datum der »Nachstellungsszene« ist kaum von Bedeutung, aber auf dem Geburtstagskuchen standen bestimmt mindestens Kerzen in einer zweistelligen Anzahl, nach meiner Einschätzung. Demnach war ich zwar schon ein kleiner Held, selbstverständlich liegt die Betonung auf klein. Anders ausgedrückt, ein Alter, wo ein Mensch sich auf Entdeckungstour befindet, sei es geistig oder körperlich. Egal, ich lag auf dem großen Bett, vor mir die zugezogenen Fenster und neben mir die brennende Kerze. Etwas fehlt! Ich holte einen Hocker, um ihn genau dort zu platzieren, wo meine spätere Gouvernante mit der Schere in der Hand, stand. Somit erreichte ich in etwa die gleiche Schattengröße der hübschen Geburtshelferin. Mit einem langen Schal markierte ich ungefähr das Bild auf dem Bett. Anschließend schlüpfte ich in die Rolle der

Mutter, in dem ich mich in die geschwungene Stoffschlange legte. Nun gab es keinen Zweifel mehr; die zweite Bestätigung: ich habe an einem Montag im Schatten unserer Zofe, das Licht der Welt erblickt, wobei dies kein treffender Ausdruck ist – Halbdunkel entspricht besser der Wahrheit. Wieso kommt mir in der kurzen Zeit zum zweiten Mal der gleiche Gedanke? Eine gewisse Mystik liegt vielleicht in diesem Moment. Ach was – das Unbekannte ist selbstverständlich interessant.

Was ich damals zusammen träumte ist mir im Detail entfallen. Süß, sehr süß sind die schwachen Erinnerungen. Bestimmt ist dies bei vielen Menschen ebenfalls der Fall – das, was Dunkel ist wird in ein helleres Licht gerückt. Etwas »Gutes« soll natürlich in guter Erinnerung bleiben. Eine Wolke, eine weiße Wolke, eine weiße Wolke zusammengetürmt, eine weiße Wolke zusammengetürmt zu einem Haufen, eine weiße Wolke zusammengetürmt zu einem Haufen war mein Bett – worauf ich schwebte. Langsam, wie eine Wolke bewegten sich meine Gedanken – Nein! Meine Erinnerungen! Die erreichten etwa das fünfte Lebensjahr, wenn ich die Bilder in meinem Kopf richtig deute. Selbstverständlich glich das Aussehen dem Familienbild im Treppenhaus. Schön sah ich aus, vielleicht schöner im Vergleich zum jetzigen Zeitpunkt. Schon klar, häßliche Kinder existieren nicht. So schwebte ich weiter und fiel aus den Wolken – in ein Federbett.

Fiebrig, heiß, schweißnaß lag ich hernieder – mein schlanker Körper mit Pusteln übersät. Zum Glück Typhus im Anfangsstadium. Wieder, immer wieder höre ich die süßen Töne unserer Zofe, auch noch heute in manchen Träumen, wenn ich mich in einem glückseligen Zustand befinde. So muß auch eine Fee geklungen haben, schließlich traten sie oft in Märchen als Figuren auf, die Menschen mit dem Gesang verzaubern können. Fast kam es mir vor, sie sitzt neben mir, streichelt die Hände, wischt den Schweiß ab und gibt mir zu trinken. Der Blick richtet sich auf die Stelle, wo früher ihre weichen Hände meine Haut streichelten.

Im Halbschlaf öffne ich die Augen, doch sie ist nicht da. Sofort verschließe ich krampfhaft die Lider, um mit den lieblichen Erinnerungen fortzufahren. Todsterbenskrank mußte ich werden, um die ersten Wirkungen von Zärtlichkeiten am Körper zu spüren. Wunderschön! Viele Jahre sind vergangen, sicherlich streichelte mich dieser und jener. Ein Gefühl der inneren Zufriedenheit, ein derartiger Glückszustand, stellte sich zu meinem Bedauern nie wieder ein. Lag dies an meiner Kindheit, am hohen Fieber, am ersten Mal, an den weichen Händen?

Jetzt liegt das zarte Knäblein auf dem Bett und schwebt mit seiner weißen Wolke durch das bisherige Leben weiter. Wie kann ich, der sehnsüchtig den empfangenen Zärtlichkeiten nachweint, an den Tod denken. Jeder Versuch scheitert, den Gedanken aus dem Kopf zu bekommen. An meinem Sterbebett möchte zum letzten Mal diese Zärtlichkeit empfangen. Ein wahnwitziger Versuch, den gewollten Genuß auf den letzten Moment im Leben zu verschieben, weil er bis dahin unerreichbar erscheint. Die Zurückerinnerung an Vergangenes beinhaltet sogar Gefahren – die alten, scheinbar besiegten Gefühle treten aus dem Dunklen hervor – bringen »Gutes« und »Schlechtes«. Weg mit dem »Bösen«! Kommt herein, ihr schönen Gedanken und begleitet mich weiter auf der Humuswolke.

Scheinbar bin ich damals in eine Art Tiefschlaf versunken, denn nun vergingen einige Jahre ohne Erinnerungen. Kein Wunder: Kein Hundebiß! Keine Krankheit!

Kein Sterbefall! Kein Umzug! Nichts von Bedeutung! Auf einer Wolke können nur zwei Dinge passieren, entweder man schwebt oder ein tiefer Fall beendet den Traum.

Ich fiel und das Schweben verwandelte sich in ein Schaukeln, Hopsen und Wackeln. Der Rücken eines Pferdes war nun meine Wolke. Oh! Das liegt nur kurze Zeit zurück, mein heldenhafter Ritt. Nun, Jahre später, erinnere ich mich besser und zwar an das Streicheln. Kurios! Wo ich bei meiner »Neckerin« auf dem Schoß saß, während der Aufführung des Theaterstückes, drückte sie mit einer Hand schmerzhaft zu und mit der anderen streichelte sie mich. Der dominante Schmerz ließ die zarten Bewegungen kaum erkennen. Nach der langen Zeit bemerke ich nun auf einmal, daß es damals zwei Gefühle gab: den Schmerz und die Liebkosung. Komisch, dem Menschen kommt ein Gefühl in Erinnerung und plötzlich bemerkt er das Vorhandensein des ähnlichen Gefühls an anderer Stelle, die ihm bisher unbekannt war. Bisher dachte ich immer, ein Gefühl ist ein Moment – ein kurzer Augenblick. Nun stellte ich jedoch fest, Gefühle sind etwas Dauerhaftes, Bleibendes, Unauslöschliches. Der Mensch jagt den schönen Gefühlen hinterher, um diesen Moment wieder zu erleben. Doch kann das Gleiche, das Selbe noch einmal erscheinen. Nein! Ähnlich – Ja! Reicht aber die Ähnlichkeit aus, um die erstrebten Glücksgefühle zu erreichen? Nein! Ja, wem dies genügt, bitte schön! Ein fast gleicher Genuß ist besser als keiner, denken viele. Sie geben sich den Halbheiten hin und merken am Ende nicht einmal, wie weit das erstrebte Ziel entfernt ist.

Das ist die eine Sorte der Erdenbürger. Die andere setzt einen Glücksaugenblick; einen nie erlebten; als ein unbedingtes »Muß« in ihren ganzen Bestrebungen zum Ziel. Sie versuchen etwas zu erreichen, zu erleben, zu bekommen – was sie nicht kennen. Der eine Gedanke beherrscht ihr ganzes Leben, denn sie sind sich sicher, mit Erreichen des Zieles erreichen sie das höchste Glück. In einem Buch habe ich von dem heldenhaften Ritter gelesen, der nach dem Kuß der Königstochter sterben könnte, denn er erreichte das schöne Ziel.

Für viele bleibt dies ein unerreichbarer Traum. Ich bin kein Philosoph, aber ich las auch von Menschen, die andere töteten, um in diesen Zustand zu gelangen.

Ich liege immer noch in dem traumatisierten Zustand auf dem Ehebett. Noch befinde ich mich in der Zeit der Reife, des Heranwachsens. Kein weiterkommen, kein Pferd, keine Wolke, kein Gedanke – Stillstand! Warum stockt mein Erinnerungsprozeß? Viele Jahre fehlen mir noch bis zum heutigen Datum!

»Komm bitte zum Essen! Ich suche Dich schon die ganze Zeit. Was treibst Du da auf dem Dachboden? Man könnte denken … Ach! Ich will nicht denken, ich habe Hunger. Bitte, beeil Dich!«

Der Ruf der geliebten Gattin transportierte mich aus dem elterlichen Gemach in das eigene Speisezimmer. Ein bißchen schade! Der Traum, nein besser ist bestimmt der Ausdruck: traumhafte Erinnerung – die könnte eine Fortsetzung finden – hoffentlich. Vielleicht lege ich mich nach dem Essen ein wenig auf den Diwan und schließe die Augen.

Was soll das jetzt bedeuten? Meine Frau erscheint mit erhobenem Zeigefinger, weit geöffnetem Mund und stürmischem Schritt! Selbst im Traum erhöre ich jedes ihrer Worte, die alle nur ein Ziel haben: die eigene Selbstzufriedenheit zu erreichen. Aus dem Traum wird Wirklichkeit! Ich schrecke hoch und wer steht neben mir? – meine Frau! Weg, weg mit diesem Wesen, von dem ich keine Zärtlichkeiten empfange, sondern nur garstige Worte. Vorwurfsvoll schaut sie mich an und verläßt stillschweigend den Raum. Aus der Traum! Der kurze Augenblick genügte und ich bin zurück in der Realität. Auf Befehl etwas zu träumen, natürlich noch etwas schönes, gelingt in den wenigsten Fällen. Jeden Traum vorher zu kennen ist auch langweilig. Gefühle, Träume und Emotionen kommen nicht auf Befehl, sondern vom Herzen. Ein Lächeln im Gesicht, die Träne auf der Wange oder sogar die erhobene Stirn, sind Zeichen des erlebten Momentes.

Ausnahmen – der Leser erinnert sich an meinen Lehrer – er konnte auf Befehl lachen, weinen, stöhnen … eben ein Unikum. Eine Maske aufsetzen sind keine wahren Gefühle, sondern Schauspielereien. Mag man damit das Publikum verzücken oder einem anderen etwas vorspielen. Solche Menschen zeigen jedoch nicht das Gesicht, was nicht lügt, sondern eines, was die Wahrheit verbürgt.

Jeder sollte zu seinen eigenen Gefühlen eine aufrichtige Haltung besitzen und sie akzeptieren. Lieber nicht so verhalten, wie es gewünscht wird, sondern ehrlich das persönliche »Ich« in den Vordergrund stellen. Laß sie lachen, laß sie staunen, laß sie schimpfen, laß sie einfach – eine ehrliche Meinung, ein aufrichtiges Gefühl, die klare Stellungnahme – dies zeichnet einen Menschen mit Charakter, mit positivem Denken und mit Mut aus, der auch gegen den Strom schwimmt und Niederlagen einsteckt. Wie soll die Welt eine Weiterentwicklung erfahren, wenn jeder nur den anderen in den »Mund redet«.

Aus! Vorbei mit meinen Träumen! Ich habe diese Frau nicht gewollt, doch es mußte sein! Was soll ein unglücklicher Ehemann tun? Was muß eine Änderung erfahren und was darf bleiben? Was wird, wenn keine Änderung in das bisherige Leben tritt? Was tut diese Frau für mich oder besser: Was ist eine Verpflichtung, mir gegenüber? Was für Strafen existieren für Frauen, die die Ehepflichten nicht einhalten? Was ist das: eine Strafe für das Eheweib? Was aber, wenn ich schuld habe? Was muß geschehen, um die Wahrheit zu finden? Was passiert, wenn ich sie verlasse? Was passiert, wenn sie mich verläßt? Was ist eine glückliche Ehe? Was gehört dazu – Liebe, Kind, Geld, Gefühle, Schmerzen …? Was ist besser: reich und unglücklich oder arm und glücklich? Was passiert, falls ich Vater werde? Was soll das größte Glück in einer unglücklichen Beziehung verändern?

Was empfinde ich für ein Kind von einer ungeliebten Frau? Was sagt sie mir, wenn ich sie frage? Was ist das entscheidende Problem? Was wird geschehen?

Nichts! Das ist das Problem! Ich kann mich zermartern, zerteilen, auf den Kopf stellen, verkehrt herum auf ein Pferd setzen – alles zwecklos. Diese Frau interessiert nichts, absolut nichts. Sie kann sich sogar Stunden lang mit nichts beschäftigen. Ein Extrem, einfach nur dasitzen, dasitzen, dasitzen. Ich könnte mich mit schlangenartigen Bewegungen auf dem Fußboden vor ihr bewegen, was ihr bestimmt nicht eine einzige Silbe entlocken würde. Die Probleme einer Ehe sollten besser nicht an die Öffentlichkeit gelangen. Rat gibt es da von keinem, nur Gelächter. Zum Glück existieren noch andere Frauen. Dabei meine ich nicht diese Wesen, die für Geld jeden Wunsch erfüllen. Ganz und gar nicht!

Auf der Erde ist das Licht der entscheidende Faktor, jedoch besitzt mancher Schatten besondere Nebenwirkungen, oft sogar positive.

Darum fange ich noch einmal ganz von vorn an. Sie, ja sie, keine andere; sie war vom ersten Augenblick mein Schattenbild, bis, bis … ja, fast bis … eigentlich möchte ich nicht über das Ende reden Ich möchte nicht vorgreifen, denn in einem kurzen Moment kann vieles anders sein, daß, was vorher richtig war ist dann falsch oder etwas Gutes erscheint plötzlich im dunkelsten Licht.

Das reicht nicht! Ich sollte viel früher beginnen. Nun ist das schwierig, Dinge zu erzählen, die einem selber nur berichtet wurden. Egal! Meine spätere Gouvernante, das darf ich ruhig schon sagen, erblickte gleichfalls in diesem Hause das Licht der Welt. Natürlich nicht in demselben Bett, sondern im Nordflügel, wo die Angestellten bescheidene Wohnungen besaßen. Für mich später im Kindesalter galt dieser Bereich des Hauses als Tabu-Zone. Streng verboten scheint ein etwas übertriebener Ausdruck, jedoch existierten Anweisungen (welche ich im Nachhinein erfuhr), die den Bereich gegen betreten von Fremden schützen sollte. Verbotenes ist für ein Kind das, was ein Magnet für das Eisen ist, anziehend.

Recht oft zog es mich in diesen Bereich, der eine andere Welt darstellte: kein Prunk, kein Reichtum, kein Glanz – dafür Herzlichkeit, Bescheidenheit, Menschlichkeit. Dies fand ich damals nicht nur bei der noch sehr jungen Zofe, sondern bei allen Bewohnern. Um das Rad der Geschichte noch weiter zurückzudrehen, ihre Eltern entsprangen ebenfalls diesem Hause, zumindest der Vater, denn solange das Haus existiert war seine Familie für die Pferde, Kutschen, Zaumzeug, Stallungen … ich weiß die genaue Anzahl der Pferde nicht, verantwortlich.

Ihre Mutter entstammt wohl dem Nachbargut, die mein Vater beim Kartenspielen gewann. Die Anzahl seiner Seelen erhöhte sich nach diesem Gewinn auf über fünfzig, was damit für damalige Verhältnisse eher dem Kleinfürstentum zuzurechnen war. Die wohnten natürlich nicht alle im Gutshaus, sondern am Ende des Hofes in kleinen Hütten. Oft hörte ich Geschrei, wenn die Männer ihre Frauen verprügelten. Besonders hoch her ging das Treiben nach Erhalt der Rubelchen, denn diese rollten schnell durch die Kehle. Meist dauerte das Treiben drei Tage. Mein Vater schimpfte dann tüchtig, wenn Arbeiten anlagen, die keinen Aufschub duldeten. Zur Peitsche oder Pistole griff er aber nicht, wie ich es von anderen Gutsherren hörte. Er jedoch hatte vielleicht sogar Angst vor einer Revolte, denn immer öfter drangen Nachrichten von rebellischen Leibeigenen zu ihm vor. Sogar vom Tod eines brutalen Fürsten stand ein Bericht in der Zeitung. Die Übeltäter landen zwar in der Regel im Gefängnis, jedoch ihr Fehlen auf dem Feld ist dann ein Problem. Über den Mord an dem Fürsten konnte ich noch lesen, daß dem schuldigen Leibeigenen die Flucht in den Wald gelang. Jeder, der ihm Unterschlupf gewährt oder etwas zu essen gibt, muß selber mit dem Tod rechnen. Darum dauerte die Suche nach dem Übeltäter in der Regel nicht lange. Angst, richtige Überlebensangst, ließen kein Mitgefühl bei den Leibeigenen aufkommen.

Doch zurück zum Gewinn oder Kauf unserer damals jungen Köchin. Glücksspiele waren ein beliebter Zeitvertreib der Großgrundbesitzer; wenn die Rubel alle waren, spielten sie sogar um Menschen. Halbe Dörfer soll da mancher Trunkenbold an einem Abend verspielt oder natürlich gewonnen haben. Aus den verschiedensten Gründen sonderte sich mein Vater nicht ganz aus der Gesellschaft ab; denn oft benötigte einer die Hilfe des anderen; doch handelte er stets besonnen. Übermäßiger Branntweingenuß beeinflußt das Handeln – mit der Gewißheit im Kopf ließ er manche Pflanze verwelken, wo er heimlich den Schnaps hinein goß. Der Fußboden glich bei den diversen Feiern sowieso einer Wasserlache und damit fiel es nicht auf, wenn er das Glas mit Schwung über der Schulter leerte, um sich des üblen Schnapses zu entledigen. Somit war das Wechseln der Leibeigenen kein ungewöhnlicher Vorgang, sondern Gang und Gebe.

In manchen Fällen gehörte noch eine Pflichthochzeit dazu. Die Eltern meiner Zofe mußten demnach heiraten. Die Großgrundbesitzer waren Polizei und gleichzeitig Richter. Das Leben jedes ihrer Seelen hatten sie in der Hand. Zum Glück verzichtete mein Vater auf das Recht der ersten Nacht. Sie lesen richtig! Oft lag in der Hochzeitsnacht nicht der Bräutigam, sondern der Gutsherr für gewisse Zeit im Bett. Das war kein feststehendes Recht, jedoch nahm da der feine Herr keine Rücksicht darauf, wenn ihm sein Verlangen danach gelüstete. Ob dies bei dem beschriebenen Mord in der Zeitung ebenfalls der Fall war, weiß ich nicht.

Jedoch erscheint unter den genannten Gesichtspunkten die Reaktion eines Ehemannes verständlich, zumal natürlich Alkohol immer mit im Spiel war. Von diesem Gehabe wußte ich als Kind selbstverständlich nichts. Erst später, viel später, hörte ich Prahlerein, wo Gutsbesitzer die Mädchen sofort wegjagten, die keine Unschuld mehr besaßen oder im umgekehrten Fall: daß uneheliche Kinder mit einer geringen Summe abgespeist wurden. Ich gehöre zwar dem Fürstentum an, ob nun der Einfluß meiner Kindheit oder spätere Erkenntnisse mich als Verneiner der Leibeigenschaft auftreten lassen, ist im nachhinein uninteressant.

Das ist fast schon Politik, die im Prinzip nicht zu einer derartigen Schilderung gehört. Pferdeverwalter und Köchin schienen sich jedoch gut zu verstehen und so gehörte noch ein älterer Junge der Familie an, den mein Vater an ein anderes Gut weiter gab, denn zur damaligen Zeit polterten genug Kinder auf dem Hof herum.

Meine Kinderfrau hatte; fast paßt der Begriff Glück; in zwar armen, jedoch gesitteten Verhältnissen das Licht der Welt zu erblicken. Wie schon beschrieben war dies keine Selbstverständlichkeit, daß die Familie, bis auf den Bruder, zusammen blieb und ein bescheidenes Auskommen hatte. Wo sie spürbar in mein Leben trat, gehörte das Mädchen noch der Altersgruppe an, wo viele Dinge unverständlich, ja fast mißverständlich erscheinen mußten. Doch ihre Kindheit und frühe Jugend ließen sie schnell die Reifeprozesse durchlaufen. Ihre Eltern arbeiteten auf dem Gutshof und besaßen damit kaum Zeit für das geliebte Mädchen. Schon die ersten Arbeiten erledigte sie mit einer derartigen Bravour, die normal erst in zwei bis drei Jahren später machbar erschienen. Dazu kam eine vererbte und erlernte Schlauheit vom Vater, der nicht nur sein Geld mit dem Betreuen der Pferde verdiente, sondern im Prinzip die Verwaltung des Gutshofes inne hatte. Somit besaß er eine Sonderstellung mit einer höheren Vergütung. Darin bestand sein Sinnen und Trachten, genug Rubel zu sparen, um die Freiheit zu erkaufen. Fast allein brachte er sich rechnen, lesen und schreiben bei – unbedingte Erfordernisse für einen guten Verwalter. Sogar für das geliebte Töchterchen nahm er sich noch die Zeit zum Unterrichten. Nur bei der Gattin verliefen sämtliche Bemühungen vergeblich. Sie sagte immer: »Laß man gut sein Väterchen, ich weiß wie viele Eier an den Teig müssen. Zähle Du Deine Pferde und die Rubelchen und ich muß für morgen noch drei Hühner schlachten.

Ich kann sogar bis zehn zählen und wenn dreie fehlen, gackern nur noch sieben im Stall. Da staunst Du, fette lieber die Stiefel ein, bevor Du hier den Schlauen tust. Ich gebe Dir ein Stück Schweineschwarte, damit sie schön glänzen.

Schließlich muß ein Unterschied zwischen dem Verwalter und dem übrigen Volk erkennbar sein!«

Einwenig stolz war sie schon auf den Ehemann. Er trank nicht, hielt das Geld zusammen und besetzte eine etwas gehobene Stelle. Die größte Freude bereitete ihr jedoch das gemeinsame Töchterchen. Sie nahm eine Sonderstellung auf dem Gut ein. Schon das Strahlen ihrer Augen beförderte jedem, den sie traf, ein Lächeln in das Gesicht. Kinder sowieso, doch besonders dieses Mädchen, besaß die Gabe, nur durch ihr Erscheinen eine positive Stimmung zu verbreiten. Solchen Kindern kann kein Mensch, selbst bei einem kleinen Vergehen, böse sein.

Sie wuchs somit wohl behütet auf und schon der bloße Anblick setzte jeden in Verzückung. Zu dem strahlenden Gesicht entwickelte das Töchterchen eine bezaubernde Form, die ihr fast ein feenähnliches Aussehen verlieh. Die blonden, lockigen Haare reichten über die Schulter – zum Ärger der Mutter. Jeder Versuch von ihr scheiterte, aus einer Mähne wenigstens ein kleines Wuschelköpfchen entstehen zu lassen. Viel zu sehr liebte die kleine Fee das Wehen der blonden Haare im Wind; sie liebte das Schütteln der nassen Haare, wenn sie den Kopf aus dem Waschtrog hob; sie liebte es die Haare nach vorn fallen zu lassen, wenn etwas böses an ihr Ohr klang; sie liebte es, stundenlang Zöpfe zu flechten, die sie anschließend wieder öffnete; sie liebte es, Blumen in das Haar zu stecken, die auch ohne Nadeln nicht herunter fielen; sie liebte es, ein Tuch um die Haare zu legen, damit sie bei der Arbeit nicht stören – eins liebte sie nicht – kämmen. Dafür ging sie immer zur Mutter, doch bei dieser zeitaufwendigen Tätigkeit ließ das Mütterchen es sich nie nehmen, Worte zur Kürzung der Haarpracht anzubringen. »Ja, ja! Ich überlege mir das!« Bekam sie oft zur Antwort. Meine ungesehene Beschreibung dieses zarten Wesens ist richtig!

Lügenbaron, rufen bestimmt einige – noch gar nicht auf der Welt, aber die Vergangenheit beurteilen. All den Zweiflern entgegne ich: »Schaut sie Euch an, kein Mensch kann sich so verändern, daß aus weiß schwarz wird; daß aus gut böse wird; daß aus schön häßlich wird; daß aus klug dumm wird; daß aus Liebe Hass wird; daß aus fromm Gotteslästerung wird; daß aus Anstand Rücksichtslosigkeit wird; daß aus rein schmutzig wird; daß aus groß klein wird; daß aus Entsagung Verschwendung wird;

daß aus Verzicht Wolllust wird; daß aus Buße Lüge wird; daß aus still laut wird; daß aus beten betteln wird! Wollt Ihr noch mehr hören? Bitte! Doch vorher schaut tief in Euer Inneres, ob da nicht vielleicht ein Makel steckt, ein Übel – vielleicht bisher noch nicht bemerkt; schaut in Eure Seele, ob da nicht vielleicht ein Gedanke steckt, der nicht mit rein zu bezeichnen ist; schaut auf die Worte, die Euren Mund verlassen, ob sie alle Gott gefällig sind; schaut auf Eure Handlungen, ob sie auch hilfreich und gut sind; schaut auf Eure Nächsten, ob sie Hilfe brauchen – Schaut! Schaut! Schaut! Nur wer mit offenen Augen durch das Dickicht geht, was Leben genannt wird, der kann auf dieser Welt bestehen. Kein Mensch darf die Augen vor Problemen schließen.

Wie soll er das Richtige erkennen? Schaut auf dieses Mädchen, das rein wie das Wasser eines Bergbaches ist; das schön wie eine Blume auf der Wiese ist; das vollkommen ist, als wäre es von Gott geschaffen.

Doch ein Eilbote, ein Mensch der im Galopp durch das Leben reitet und wahrscheinlich wichtige Nachrichten zum weit entfernten Empfänger bringt, knickte dieses zarte Pflänzchen, als sie noch nach ein paar vergessenen Kartoffeln auf dem Felde buddelte. Wie kann ein Mensch der Waffen besitzt, um sich vor Verbrechern zu schützen, diese auf ein unschuldiges Mädchen richten, um sich an ihr zu vergehen, sie beschmutzen, um die niederen, tierischen Instinkte zu befriedigen. Pfui! Dies habe ich später nicht von ihr erfahren. Nein! Sie würde den Vater ihres Kindes nie anklagen. Sie würde beten und hoffen, daß er auf den richtigen Weg kommt. Er wird nie zurück kommen, genau weiß sie das! Im Gegenteil, die Geschändete würde ihn suchen und um Vergebung bitten, weil das Kind nach 12 Wochen an Schwindsucht starb. Welche Strafe ist für einen Menschen gerecht, der so triebhaft handelt? Es wird nie einen Richter geben, solche Verbrechen bleiben ungesühnt. Das wissen die Verbrecher und nutzen das aus. Wie sollte sich ein armseliges Kind aus der Leibeigenschaft einen Advokaten leisten, um vor Gericht anzuklagen. Umso bewundernswerter der weitere Lebensweg, eines geknickten Pflänzchens, das krampfhaft versucht, sich wieder aufzurichten. Sie braucht keine Hilfe und Mitleid; sie braucht einen Start in ein neues Leben; sie braucht

Aufgaben, die das Alte wegräumen; sie braucht seelischen Beistand von Menschen mit Gefühl, die einfühlsam sind. Das fand sie bei den Eltern, zum Glück!

Genau habe ich nicht herausbekommen, wieviele Wochen vergangen waren nach dem Tod der Tochter, als ich zur Welt kam. Von diesem kurzzeitigen Wesen existiert keine Grabstelle, kein Eintrag, in einem Dokument – nichts. So schnell wie es gekommen war, verschwand das unglückselige Geschöpf wieder. Welche Gefühle muß die damals wahrscheinlich 14-jährige durchlebt haben, kurz nach dem Tod des eigenen Kindes, Hilfestellungen zu leisten bei der Ankunft eines fremden Kindes. Schlimm, ganz schlimm! Doch noch schlimmer – viel schlimmer! Sie wird mit der Aufgabe einer Amme vertraut! Ein armseliges Mädchen muß einem Fürstensöhnchen die Brust geben, es wickeln und füttern, nicht der kleinste Fehler darf passieren, obwohl sie selber fast noch ein Kind war. Für meine Mutter war mit der Geburt die Angelegenheit erledigt. Der gewünschte Bube lag in der Wiege und damit Schluß! Aus! Nie könnte ich behaupten: sie besitzt keine Mutterliebe; doch an erster Stelle in ihrem Leben steht nicht ein Kind, sondern sie selbst. Viel zu anstrengend, viel zu aufwendig, viel zu Zeit raubend ist die Erziehung des sicherlich geliebten Kindes in ihren Augen. Über die damalige und die spätere Zeit beschwere ich mich nicht. Ich bin nicht der erste Fürstensohn, der mit fremder Milch aufwächst. Nur durch den skurrilen Umstand kam bestimmt nicht die innige Verbindung zustande, die heute zwischen uns beiden herrscht. Wenn mit der Muttermilch auch Gefühle in den Körper des anderen gelangen könnten, so ist mit gewollten oder ebenso ungewollten Komplikationen zu rechnen. Solche irrwitzigen Gedanken können nur bei Menschen auftreten, denen das ein Glücksgefühl bereitet. Von einem reinen Menschen etwas zu empfangen, kann kein dummer Gedanke sein.

Jetzt verstehen sie meine Worte, daß dieses Mädchen (sicherlich zum damaligen Zeitpunkt treffend) mich vom ersten Augenblick an begleitet. Ich kann mich nicht in die Psyche eines noch in der Entwicklung stehenden Fräuleins versetzen, doch steckt eine gewisse Logik hinter der Theorie, daß mit ihrer Niederkunft selbstverständlich Muttergefühle entstanden sind, die jäh endeten und durch mich eine Fortsetzung fanden. Jede Mutter wird sagen, der Tod des eigenen Kindes ist schlimmer als der eigene. Schwierig über ein Thema zu reden, was Gefühle beinhaltet, die der Betreffende kaum selbst beurteilen kann. Nur andeutungsweise können Schilderungen ein ungenaues Bild des Gemütszustandes einer Mutter geben, die ihr Kind verloren hatte. Es wird von Fällen berichtet, wo die betroffene Frau von Selbstzweifeln gemartert, selbst den Freitod suchte.

Oft suchten sie die Schuld bei sich selbst, für den frühen Tod des Kindes. Der kleinste Verstoß wird in die Höhe des größten Fehlers gehoben. Der Sinn ihres Lebens ist abhanden gekommen – ein neues Leben – welches auf der Erde ankam, verschwindet für immer. Wie stark muß eine Frau sein, die nach den höchsten Glücksgefühlen die Hölle betritt. Jeder Blick, den sie empfängt, ein giftiger Pfeil in das geschundene Herz; das schon blutet, denn ihrer Meinung nach denken alle: ICH, nur ICH bin Schuld am Tod des Kindes. Wie kann ein Mensch zurück ins Leben finden? Wie kann er den schmerzhaften Tod überwinden? Wie können wir, die sehen, wie die Unglückselige leidet, helfen? Wie finden die, die helfen wollen die richtigen Worte bei der Vielschichtigkeit der Menschheit? Wie, Wie, Wie … Selbst Gott würde wahrscheinlich schweigen, bevor er falsch Zeugnis ablegt.

Weiterhin wird von Müttern berichtet, die dem Irrsinn nahe kamen, nur noch dasaßen mit dem Spielzeug der Kinder. Aufhören! Aufhören! Diese grausame Aufzählung kann selbst ein Außenstehender nicht ertragen. Am besten, ich streiche die letzten Zeilen. Wiederum existieren Menschen, die sich an dem Leid anderer erquicken können. Wo der normale Erdenbürger Schmerz, Herzeleid oder Mitgefühl empfindet scheint bei solchen Individuen, daß sie ihr Herz an den Teufel verkauft haben und dafür einen Stein in der Brust tragen. Ganz gering dürfte die Anzahl der »Blut leckenden«, »Abwegigen«, sich am Schmerz und Leid anderer »labenden« jedoch nicht sein. Eine Zeitung schreibt den Menschen »ins Maul«. Schaut ein denkender Mensch jedoch genau hin, wird er feststellen: gute Nachrichten über die Fertigstellung eines Krankenhauses, eine hohe Ernte oder z.B. den Bau von Straßen wird er darin sehr wenig finden.

Bricht nun Krieg aus, geschehen ungewöhnliche Morde oder der Pope fällt vom Kirchturm, werden damit ganze Seiten gefüllt. Nun ist dies natürlich müßig darüber nachzudenken, wie die Verrohung der Menschheit solche Ausmaße annehmen konnte.

Wichtiger erscheint jetzt die Frage: Wie gebiete ich dem Wahnsinn Halt? Auf der Welt sind das Christentum und andere Religionen entstanden, um ein friedliches Miteinander der Menschen zu ermöglichen. Schwer erkämpfte Errungenschaften, die immer mehr in den Hintergrund geschoben werden. Früher bestimmten heilige Gebote das Leben, heute steht das Geld, Macht oder gar schon Aktien im Mittelpunkt.

Wer steht im Mittelpunkt meines Lebens? Nicht die geliebten Eltern! Nicht die Verwandtschaft! Nicht eine bekommene Frau! Nicht die Lehrer! Nein! Eine Frau – ja! Eine hübsche Frau – ja! Eine kluge Frau – ja! Eine liebe Frau – ja. Was soll das ganze Gerede? Lassen wir sie selber sprechen! Kluge Menschen können das! Soll sie uns aus ihrem Leben selber berichten! Vielleicht tut sie das sogar?

Doch das Resümee! Sie ist zwar mehr als nur mein Schattenbild, doch selber steht dies bescheidene Mädchen ebenfalls lieber im Schatten, obwohl der schönste Lichtstrahl auf sie scheint, meidet mein Sonnenschein das Helle. Fast könnte ein jeder denken; sie will nicht gesehen werden, keiner soll ihre Anwesenheit bemerken.

Nun gut – fahre ich fort mit den Gedanken über den Lebensmittelpunkt des Fürstensöhnchens! Was sehr subjektiv erscheinen könnte, vielleicht sogar falsche Emotionen enthält. Ich kann nicht nur von Heldengeschichten berichten, denn die Menschen, die mich umgeben, sind Umstände halber eventuell andere Helden. Ob bessere oder schlechtere, das sei dahin gestellt. Mit den niedergeschriebenen Lebensgedanken möchte ich das bisherige Leben Revue passieren lassen. Ein Schriftsteller äußerte erst vor kurzem den Gedanken: Das keiner seiner Zunft eine wirklich wahrhafte Biographie schreiben könnte. Anders herum ist dem aufmerksamen Leser nicht entgangen; man könnte schon von einer Modeerscheinung sprechen; daß viele »Literaten«, die kein Buch zu Stande bekommen, lieber eine Lebensgeschichte über eine bekannte Persönlichkeit verfassen. In der Regel sind dies verstorbene Menschen, obwohl sich da mancher, wie man so schön sagt: im Grabe herumdrehen würde, käme ihm dies zu Gehör. Zugebenermaßen, manches erscheint auf den ersten Blick recht interessant.

Doch kaum ein Biograph erfaßt den wesentlichen Inhalt der mündlichen, schriftlichen, künstlerischen ... Bemühungen der betreffenden Person. Belanglose Lebensbegebenheiten erscheinen dort neben den gesamten Geburtsdaten aller Familienmitglieder, die noch so kleinste Krankheit findet Erwähnung – viele überbieten sich da in Bagatellen und Nebensächlichkeiten, nur um die Seiten zu füllen. Wenn ein Russe über Puschkin eine Biographie schreibt – verständlich; wenn ein Russe über Goethe eine schreibt – kaum verständlich; wenn ein Russe über Napoleon eine Biographie schreibt – überhaupt nicht verständlich! Wie kann ein Mensch die Gefühle kennen, die diesen Satan dazu bewegte, sein eigenes, geliebtes Rußland zu erobern, die Bewohner zu unterwerfen oder sogar zu töten, seine ... ich höre auf! Wir sind beim gleichen Thema: Grausamkeiten interessieren die Menschen! Keiner will wissen, wann Napoleon schlafen ging, nur wann er aufgestanden ist, um Menschen anzutreiben, damit sie andere ermorden.

Meine Haut ähnelt der unserer Hühner auf dem Hof bei derartigen Vorstellungen. Kehre ich doch lieber zurück in die weichen Hände, die mich umgaben.

Zarte, ganz zarte Fingerchen besitzt mein Engel. Die Gliederchen nähern sich mir mit einer Behutsamkeit, als ob sie Angst haben, mich zu verletzen.

Liegen sie dann auf meinem Körper ergreifen sie nicht von mir Besitz, sondern fast findet eine Verschmelzung zweier verschiedener Körperteile statt. Ich weiß mit geschlossenen Augen immer, wer mich berührt. Meine Mutter streichelt mich ebenfalls, doch da entsteht keine Wonne, keine Glücksgefühle der obersten Stufe – dies ist eher ein darüberwischen, ähnlich einem Säuberungsprozeß.

Dem Vater dagegen scheinen Liebkosungen schwer zu fallen. Noch nie sah ich ihn meine Mutter küssen; mir gegenüber verhält er sich korrekt, ohne Gefühle zu zeigen; wenn ich richtig überlege, hat er noch nie einen Hund oder eine Katze gestreichelt. Schluß! Mein Vater ist da und er stört nicht. Vielleicht manchmal ein bißchen.

Wieso ich immer wieder auf diese, in meinen Augen – Zärtlichkeiten, zurückkomme?

Ich besaß ein eigenes Zimmer, Spielzeug, hatte die feinste Garderobe … mehr muß ich wohl nicht erzählen. Was ich jedoch nicht besaß: Zuneigung, Herzlichkeit, Freunde, Freude. Selbst beim schönsten Spiel zeigte mein Gesicht eine traurige Miene, fast mit Absicht beging ich Fehler, um dem bösen Treiben ein Ende zu bereiten. Unser Haus war voller Menschen, doch ich vereinsamte unbemerkt, schloß mich in mein Zimmer ein, wo ich oft stundenlang auf dem Bett lag und starrte zur Decke, um die Wanderwege der Fliegen zu beobachteten. Wahrscheinlich hätte ich den kleinen Biestern mein ganzes Leben widmen können und wäre nicht dahinter gekommen, wann und wieso eine Fliege startet oder landet. Setzte sich eines dieser zappeligen Tiere auf meinen Arm, dann steckte ich ihn unter die Decke. Die neue Landefläche war nun die Stirn, was noch störender wirkte. Also verkroch ich mich komplett unter dem Überbezug. Warum mich diese teilweise lästigen Geister trotzdem interessierten?

Ich verglich sie mit meinem Leben! Tatsächlich! Obwohl oft recht viele da oben an der Decke ihre Kreise drehten, hielten sie immer Abstand. Keine kam der anderen zu nahe. Auch irgendwelche Zeichen oder Laute konnte ich nicht vernehmen. Jede lebte für sich scheinbar in stiller Zufriedenheit. Nie gab es ein Geschiebe oder Gedränge oder gar einen Zusammenstoß. Sie lebten mit Abstand, keiner nahm dem Anderen etwas weg, in der Regel war genug für alle da.

Selbst bei süßen Nascherein kam es zwar zur Vergrößerung der Anzahl, jedoch ging auch diese üppige Mahlzeit ohne Streit zu Ende. War nun Schlauheit, Erfahrenheit oder Routine im Spiel? Nicht wichtig! Auf jeden Fall landete eine Fliege dicht neben dem Glas mit Honig und näherte sich mit schnellen Schritten dem klebrigen Rand. Jetzt beginnt ein Todeskampf, meine Gedanken. Doch weilt gefehlt; kurz vor Erreichen des Zieles verlangsamte das hungrige Tier die Schritte, tastete nur ganz vorsichtig am Rand die Umgebung ab, um dann ungesättigt wieder davon zu fliegen, wissend, daß diese Leckerei ihr einen Kampf um Leben und Tod eingebracht hätte, denn sie nur schwer gewinnen konnte. Menschen sind anders! Oft ist ihre Begierde größeren Ausmaßes, den der kleine Verstand nicht zügeln kann. Nun hinkt natürlich der Vergleich von Fliegen mit Menschen etwas, wenn mir die Bemerkung erlaubt sei. Schließlich besitzen sie ja kein schweres Gehirn, sonst könnten sie auch nicht fliegen. Sagen sie nun bitte nicht: Der Mensch muß sein Gehirn ablegen, damit er fliegen kann. Oft, fast öfter, fühlte ich mich wie eine dieser Fliegen, besonders bei Gesellschaften in unserem Haus. Keiner stieß mit mir zusammen, alle hielten Abstand und überschütteten mich mit lapidaren Ausdrücken, wie: Ist der Kleine nicht süß!

Von wem hat er nur die schönen Haare? Etwas still ist er ja, unser Büblein! Das ertrug ich immer nicht lange und stets landete ich auf meinem geliebten Bett, was die Plagegeister an der Decke nicht störte. An einem besonders schlimmen Abend kam ich dermaßen verstört in meinem Zimmer an, daß ich einen Stuhl holte, darauf stieg und wie wild auf die Fliegen einschlug. Ein friedliches Nebeneinander kann auch störend wirken. Wenn es mir schlecht geht, sollen sie dies zu spüren bekommen. Einen schlechten Gemütszustand mit Gewalt vertreiben ist keine gute Idee. Nachdem ungefähr eine handvoll Fliegen auf dem Fußboden lag, stellte ich meine Bemühungen ein, zumal der Stuhl zum Erreichen der letzten Fliege eine beträchtliche Schräglage einnahm. Das Einzige, was eine Änderung erfuhr, war mein Blick, denn dieser ging nach unten. Eine lag auf dem Rücken mit den Füßen nach oben; was zur Vermutung führen könnte: Sie ist nur heruntergefallen und ruht sich aus. Ein plötzlich aufkommender Durst ließ mich zum Krug mit Wasser gehen. Vorsichtig, sehr vorsichtig umkreiste ich mit den Füßen die »Ermordeten«. Nur nicht auf eine treten. Vor wenigen Minuten hätte ich noch das gesamte Geschlecht vernichten können und nun plagen mich Schuldgefühle. Nein! Da sind sie wieder, die Gedanken an die Einsamkeit. Wenn ich jegliches Leben um mich herum vernichte, bin ich wieder einsam. Ich schaue zur Decke und? Nichts! Nichts bewegt sich, nichts stört, nichts brummt, nichts krabbelt. Um nicht das Leben in Einsamkeit zu verbringen, muß man lernen Dinge zu akzeptieren; die stören, unangenehm sind, Sorgen bereiten, Mißmut verbreiten ... Na ja, ich war klein und unerfahren, doch diese erste Lebenserfahrung, an die ich mich erinnern kann, blieb in meinem Gedächtnis hängen: Wenn ich etwas beseitige, muß ich aufpassen, vielleicht vermisse ich die verschwundenen Dinge oder ich sollte sie durch andere ersetzen oder schädige ich dadurch einen anderen oder entsteht ein anderes Ungemach?

Oder? Oder? Oder? Ob sie dies glauben oder nicht – bis zum heutigen Zeitpunkt habe ich keine weitere Fliege getötet. Sicherlich nicht bloß aus Angst vor der Einsamkeit, sondern mehr aus Gewohnheit. Nun dann! Wer keinen Fehler begeht, lernt nichts! Ich habe gelernt: In meinem Zimmer existiert kein Besen und keine Kehrschaufel. Das Zimmermädchen rufen, die mich mit Blicken straft von der Art: Wie kann mich der Bengel wegen fünf Fliegen rufen? Nur das nicht!

Nicht nur ihr Blick verbreitet ein unruhiges Gefühl, sondern auch der Geruch, der ihr eigen ist. Nur bei ihr! Keine andere Frau riecht so. Viele dieser Damen auf den Gesellschaften erkenne ich am Duft, der mich manchmal an die zartesten Blümchen erinnerte. Doch der Geruch der Magd war ein Gemisch aus Heu, Küche, Pferd, Waschwasser, Schweiß, Petroleum – manche Duftnoten entstammten einem mir unbekannten Ort – je nach Tätigkeit überwog ein beißender Geruch, wobei keiner das Wort »Wohlgeruch« verdiente. Also blieb ich allein mit den Fliegen und zerbrach mir den Kopf über den weiteren Verlauf. Diese kleinen »Nichtsnutze« einfach bei den Flügeln packen und einsammeln. Was passiert, wenn eine noch die Kraft besitzt und sich losreißt? Vor Schreck könnte ich selber umfallen. Die beste Lösung: Das Problem in die Ecke schieben, mit den Füßen natürlich. Vieles findet allein ein Ende, wie mit meinem Spielzeug. Am Abend lag manches herum, jedoch am nächsten Morgen befand sich alles ordentlich in der Truhe. Fliegen sind klein und im gestorbenen Zustand kaum sichtbar, zumal sie noch unter meinem Bett lagern. Nach dem die Zofe am Morgen ihre Hilfe beim Ankleiden beendet hatte, ging ich wieder in das Zimmer zurück, um die Toten, scheinbar steif gewordenen und trotzdem immer noch störenden Biester nach vorn, in den sichtbaren Bereich zu befördern, in der Hoffnung, nach dem Frühstück keine mehr anzutreffen. Noch besser: ich bleibe gleich den ganzen Vormittag unten.

Ungefähr sechs Jahre muß ich wohl alt gewesen sein, als nicht nur hohes Fieber meinen Körper schüttelte. Nein, mein wahrer Engel schüttelte und schüttelte gleichfalls, um mich nicht in das Reich des Himmels abgleiten zulassen.

Diese Hände bewegten den schwachen Körper zwar ohne Mühe, doch ich empfand dies als wohlwollend. Ihre Tränen, die dabei auf mein Gesicht fielen – Balsam. Nur aus dem Unterbewußtsein kann ich dies schildern – im nachhinein schien es ihr peinlich, diese Gemütsbewegungen nicht unterdrücken zu können.

Zärtlich wischte sie jeden einzelnen Tropfen aus meinem Gesicht. Lachen Sie jetzt bitte nicht, doch langsam kam ich aus den Wolken zurück auf die Erde und ich wünschte mir, für immer in diesem Zustand zu verharren. Was natürlich nicht funktioniert. Auf ewig einen Kranken spielen kann kein Kind, dafür ist der Bewegungsdrang in ihm zu groß. Ich verwendete schon einmal den Begriff des Schattens für meine, in diesem Falle – Lebensretterin. Nein! Heldin! Meine Eltern erzählten mir später von dem aufopferungsvollen Kampf um ihr, gefühltes, eigenes Fleisch und Blut. Für mich im Fieberrausch kaum sehend, sind empfangene Gefühle nicht mit einem Schattenbild vergleichbar. Doch sieht der Mensch in der Gedankenwelt eine Erinnerung, so ist eine Umwandlung in ein richtiges Bild möglich. Beim Erblicken des Schattens ist dies ebenfalls möglich – aus dem auf den Boden oder an die Wand geworfenen Umriß wird ein wahrhaftes Leben – ein Bild, das ständig die Position ändert.

Der eventuelle Leser wird bemerken, aus meiner fast noch kindhaften Amme ist ein zartfühlendes Frauchen mit 20 Jahren geworden. Bitte nicht verwechseln mit der Zofe, denn Hefte verbreiten leider keinen Geruch. Zurück! Nun scheint vielleicht der Eindruck entstanden zu sein, dieses weibliche Wesen besitzt engelhafte Züge, so ist das bestimmt nicht ganz verkehrt, aber auch nicht vollkommen richtig. Seit diesem Jahr; wenn man die neun und die drei Monate zusammen zieht; hat – ich scheue mich immer den Ausdruck Dienstmädchen zu verwenden – sich nicht nur eine Veränderung ihres Wesens vollzogen, sondern alles: dazu zähle ich Aussehen, Charakter, Lebenslust, Gesundheit … ist anders als vorher. Um dies besser auszudrücken, in diesem Jahr durchlebte sie ein ganzes Leben, was an die Grenzen ihres Körpers und Geistes ging. Sie war immer noch das liebe, einfühlsame Wesen. Worte derer Art lösten bei mir Verwunderung aus. Sie war für mich der Inbegriff der Glückseligkeit, der Friedhaftigkeit, der Einfühlsamkeit, der Besonnenheit … es gibt noch viele »heiten«. Doch wie gesagt, sie war mittlerweile eine junge Frau mit einer schon bewegten Vergangenheit.

Mich kümmerten derartige Schilderungen nicht, denn für mich schien klar: ein junges Wesen ist ein unschuldiges, reines Geschöpf und wird immer in der liebsten Art beschrieben.

Mein zartes Wesen versuchte jahrelang den Kopf frei zu bekommen, einfach das Böse auf einen Haufen schichten und alles anbrennen. Doch schon der Schrei eines fremden Babys löste in ihrem Inneren Gefühle aus, die sie oben sahen auf dem Berg des Schlimmen – SIE – die Hexe, gehört auf diesen Scheiterhaufen.

Jeder Bote, der vorbei ritt, war für sie ein Zeichen des Satans, der sie in eine Ecke trieb, wo sie kauernd hoffte, nicht gesehen zu werden. Sicherlich ist in vielen Fällen nach einem erlittenen Leid eine Gesundung möglich. Doch der Geist benötigt eine andere Medizin, nein – dafür existiert keine Medizin. Der Mensch muß oder sollte einen Selbstheilungsprozeß durchlaufen, was leicht gesagt, jedoch schwer durchführbar ist. Bis zu meinem jetzigen Alter sind mir schon einige Fälle bekannt, wo dies dem Betreffenden nicht gelang. Dies sollte jeder Mensch, der anderen etwas Böses antat, bedenken. Eine spätere Buße ist bestimmt hilfreich, läßt das Geschehene jedoch nicht verschwinden. Eine böse Tat wird immer eine böse Tat bleiben. Einsicht ist natürlich besser als gar keine Sicht, einfach ausgedrückt. Wenn der Übeltäter vielleicht noch denkt, mit der Entschuldigung so eine Art Ablaßbrief zu erwerben, um mit einer reinen (gekauften) Seele beruhigt in den Sarg steigen zu können; diesen Menschen kann nur das

Fegefeuer gewünscht werden – nein, anders herum – der Gedanke an die Hölle sollte ein Begleiter für solche bösartigen Ungetüme sein und für immer bleiben. Scheinbar existieren Menschen auf dieser Welt ohne Herz und Gefühle.

Menschen ohne Geist, wo man in ein Ohr hinein pusten kann and auf der anderen Seite geht die Kerze aus, verdienen nicht der Worte. Kehren wir lieber zu den schönen Dingen des Lebens zurück, das eine junge Frau darstellt.

Vielleicht gelingt mir mit Hilfe der Bibel ein besseres Verständnis zu erreichen.

Ich, der pausbäckige Knabe in der Wiege war für sie wahrscheinlich der »Erlöser«, der Befreier vom erlittenen Leid. Zumindest hat sie mich dazu erkoren, was nicht einmal ungewöhnlich ist – bildhaft gesprochen. Viele klammern sich an ein Wesen und versuchen mit dessen Hilfe eine Befreiung, zumindest eine Linderung zu erreichen. Der Erkorene bemerkt dies in der Regel nicht und wundert sich nur über die große Zuneigung. Mir blieb dies ebenfalls verborgen, sie war da, sie war immer da – fast immer – natürlich. Schließlich hatte meine Gouvernante noch andere Aufgaben. Wie ich schon erwähnte, das verwöhnte Fürstensöhnchen bemerkte nicht die vertrauliche, über das normale Maß hinaus gehende Zuneigung. Der Unterschied zwischen Eltern und Angestellten war bei mir fließend, kaum feststellbar. Ein wenig übertreibe ich schon, was bei schönen Dingen nicht unüblich ist. Wie geschildert gehörte schon der Vormittag meinem Lehrer. Oft sollte ich am Nachmittag zusätzlich Aufgaben lösen oder angewiesene Seiten in einem Buch lesen.

»Zeig mal her, was Du heute zu erledigen aufbekommen hast«, war meistens ihre erste Frage. Vorher drückte sie mich, gab mir einen Kuß auf die Wange und einen Klaps auf den Po. Wie liebte ich diese Begrüßung! Meinen Vater mußte ich mit »Sie« ansprechen, in korrekter Haltung und ohne Körperkontakt. Die Mutter drückte mich wenigstens ab und zu, fragte nach dem allgemeinen Befinden und wie meine Kenntnisse in der Schule sind.

»Sei nicht immer so ungeduldig! Kannst es wieder kaum erwarten, in meinen Büchern herum zu schnüffeln!« Ihr Vater lehrte sie zwar im Rechnen und Schreiben, doch sie wollte mehr wissen: von anderen Ländern, die französische Sprache erregte ihre Neugier ebenso wie das Lesen in Büchern. Oft verstand sie das Geschriebene nicht, was meine Gouvernante in Wallung brachte und die Zornesröte ins Gesicht trieb. Ich liebte den Zustand an ihr, wobei ihre Wangen eine derart große Wölbung zeigten, der Betrachter könnte denken, das, was sie nicht versteht will meine »Aufgeblasene« einfach wegpusten. Aus Spaß zeigte ich dem sonst sehr ruhigen Wesen besonders schwierige Stellen in einem Buch, nur um in den Genuß des Anblickes der erbosten Frau zu kommen. Menschen im Zorneseifer wirken eher abstoßend, zumindest nicht anziehend. Sie wirkte in diesem Zustand bezaubernd und meine Blicke ergötzten sich an dem veränderten weiblichen Geschlecht. Ich drücke dies extra in der Form aus, denn scheinbar wollte sie mit Manneskraft das Problem beseitigen.

»Du sollst mich nicht in der Art ärgern, hilf mir lieber, das neue Buch zu finden. Ich lese und falls etwas unverständlich erscheint, holst Du Dir morgen Rat bei dem Professor, denn auf Deine blöden Antworten, kann ich verzichten!«

»Elles sont charmantes, nun bitte schön übersetzen!«

»Kann ich nicht, das weißt Du ganz genau. Also sag schon oder ich zwicke Dich in Dein Ohr. Das tut bekanntlich höllisch weh!«

»Sie sind bezaubernd!«

»Warum verteilt der kleine Herr Komplimente! Warte damit bis Du eine Frau suchst!«

Die Gespräche der fürstlichen Familie mit den Angestellten erfolgen im Normalfall in der gebührenden Form. Dies galt selbstverständlich auch für mich und meine Erzieherin. Mit fortschreitender Zeit verwandelten wir oft das »Sie« in ein »Du« um. Bei schlechter Stimmungslage und erzieherischen Maßnahmen kam dann die korrekte Ausdrucksform zur Anwendung. Ich wußte demnach sofort, »woher der Wind weht«.

»Worauf soll ich warten, wenn ich groß bin heirate ich Dich! Also darf ich meine spätere Frau jetzt schon mit Komplimenten überschütten!«

»Du kennst eure Regeln: ein Fürstensohn darf keine Hausangestellte heiraten.

Wenn Du dagegen verstößt, wird das Söhnchen enterbt und fliegt aus dem Haus. Willst Du mit mir drüben in den schmutzigen Baracken wohnen?«

»Ich kaufe Dich frei und dann bewirtschaften wir einen kleinen Hof!«

»Mir bereitet eine solche Vorstellung keine Probleme, aber der gnädige Herr hat keine Ahnung von Ackerbau und Viehzucht. Er kann ja nicht einmal Kartoffeln schälen. Dies bringt Dir Dein Lehrer nicht bei, wie man in Armut leben kann. Vielleicht nimmt der »Heiratslustige« noch ein paar Stunden bei ihm, aber bitte nicht zu diesem Thema. Er ist fast doppelt so alt wie ich und hat immer noch kein Weibchen an seiner Seite.«

»Na gut, ich überlege mir die Angelegenheit noch einmal, wenn Du mir versprichst, keinen anderen Mann ohne meine Einwilligung zu nehmen!«

»Bitte schön, der kleine Fürst möchte über das Schicksal einer ihm unterstellten Leibeigenen entscheiden. Dieses ungeschriebene Recht besitzt er, doch sollte der gnädige Herr bedenken, das Leben mit einer unglücklichen Frau ist zwar möglich, jedoch schwer vorstellbar. Liebe entsteht nicht auf Befehl, sondern kommt aus dem Herzen – aus beider Herzen. Mir ist natürlich Kritik an einen jungen Knaben, der in fürstlichen Gemächern aufwächst nicht möglich, doch sei mir die Bemerkung erlaubt, er muß noch viel lernen, was das Leben betrifft.

Besonders das Leben außerhalb dieses Hauses, was eine komplett andere Welt ist. Nur die Augen öffnen, dann sehen Sie die geschundenen Hände der Leibeigenen, ihre gebückten Körper von der vielen Arbeit, die schmutzige, armselige Kleidung, das freudlose Gesicht … will der »Weltverbesserer« noch mehr hören?«

Ich wußte, woher der Wind weht, die freundschaftlichen Umgangsformen wichen der korrekten Form. Da war er wieder, der ein wenig in Vergessenheit geratene Unterschied zwischen den Großgrundbesitzern und ihren Seelen. Wieso existieren solche Unterschiede? Wieso können Menschen über Menschen bestimmen?

Wieso gibt es arm und reich? Wieso darf ein russischer Bürger nicht sein Leben selber bestimmen? Nun ja, ich bin noch jung, doch dies sind mir jetzt schon zu viele »wieso's«! Wieso einige ich mich oft recht schnell mit meiner »Anvertrauten« über Probleme? Wieso gibt einer nach? Jeder ist doch von seiner Meinung überzeugt! Ein Sprichwort sagt: Der Klügere gibt nach, doch wer ist es. Überhaupt, was ist Klugheit? Ich, der etwas Französisch kann oder sie, die perfekte Hausfrau? Sicherlich sind für viele Aufgaben im Leben spezielle Kenntnisse nötig. Sie gegeneinander abzuwägen oder gar in ihrer Größe einzuschätzen, steht meines Erachtens keinem zu. Großes Aufsehen erregte vor einigen Wochen ein »Sternegukker« bei einer langweiligen Gesellschaft. Aus Huldigung bekam er einen Strauß Blumen. »Schöne, äh!« Mehr bekam er nicht heraus.

Das muß nicht länger ausgedehnt werden. Mein Fazit: Kluge Menschen existieren viele, jeder auf seinem Gebiet, aber Wissen unterliegt der Unendlichkeit, das immer jeder Zeit einer Erweiterung erfahren kann, jedoch nie zu einer vollkommenen Vollendung führen kann!

»Keine Antwort ist auch eine Antwort. Mein Söhnchen – entschuldige den Ausdruck – philosophiert über die gesagten Worte. Meine Worte klingen anders: sie sind die Wahrheit, sie sind das Leben. Hier bekommt jedoch nicht der das Recht der die Wahrheit spricht, sondern der die Macht besitzt. Nun weißt Du, warum bei uns kein Streit entsteht. Obwohl jung an Jahren, besitzt Du die Macht, mich zum Teufel zu schicken. Jetzt hat das Fürstenkind ein Problem, er weiß nicht, ob meine Freundlichkeit von Herzen oder auf Befehl kommt. Manche behaupten, Gefühle und Zuneigungen entstehen nicht auf Wunsch – entweder sie sind von Anfang an da, können jedoch auch eine spätere Entwicklung erfahren.

Sicherlich gelingt über einen gewissen Zeitraum diesem und jenen ein heuchlerisches Spiel mit der erhofften positiven Wirkung. Irgendwann fällt jedoch der Vorhang und keiner klatscht, sondern die Buh-Rufe klingen ihm in den Ohren, was den Dreisten unter ihnen nicht abschreckt, sondern anspornt, einen neuen Versuch zu wagen. Schau Dich einmal auf den Gesellschaften um, wieviele den Reichen ein Dankeschön sagen, obwohl sie einen Tritt in den Arsch verdient hätten. Mehr Geld – mehr Macht! Einfache Lebensformel! Zu Deiner Beruhigung, ein bißchen lieb habe ich Dich schon. Fang bloß jetzt nicht wieder damit an, daß ich ja dann Deine Frau werden könnte. Klar sind derartige Fälle vorgekommen, wo die von denen mit den speziellen Wünschen dachten, durch Geld eine Zuneigung zu gewinnen, jedoch dann feststellen mußten: Reichtum besitzt ebenfalls Grenzen und zwar menschliche. Es ist sehr schlimm, was viele Frauen in Rußland erleiden müssen. Ich bekam dies schon öfter zu spüren. Und der Zar lebt dies Ihnen oftmals noch vor, in dem er neben seiner Frau für die Amtsgeschäfte oft noch mehrere Mätressen nach Belieben in seinem Palast aus und ein gehen läßt. Spitze ruhig Deine Ohren und höre gut zu was ich Dir jetzt erzähle: Du bist rund 12 Jahre alt und damit in einem Alter, wo ein Verständnis für die folgenden Schilderungen vorausgesetzt wird. Etwa 3 Jahre war ich damals älter als Du jetzt. Mein sparsamer Vater schickte mich auf den Acker, um nach vergessenen Kartoffeln zu suchen. Ein berittener Postbote hielt am Wegesrand an und holte Erkundigungen ein, wo die anderen Leibeigenen sich befinden. Ich erklärte ihm, daß ich allein auf dem Feld Kartoffeln einsammele. »Du könntest mir ein paar abgeben!« Mit diesen Worten trat er näher, legte mir seine Pistole an den Kopf und nahm mich. Zu diesem Zeitpunkt war meine körperliche Umstellung vom Mädchen zur Frau bereits abgeschlossen, so daß 9 Monate später Ludmilla gesund zur Welt kam. Schon einige Wochen später lag die Kleine mit starkem Fieber hernieder und wurde kaum ein Vierteljahr alt. Mein Vater sprach mit Deinem Vater über die Angelegenheit, doch das Geschehene bleibt unauslöschlich.

Sicherlich hatte ich es nur der guten Stellung meines Vaters zu verdanken, daß ich nicht vom Hof flog. Vielleicht hatte da schon die »Gnädige« ihre Hand im Spiel, denn sie war bekanntlich schwanger. Mein Vorfall landete zwar bei den Behörden, natürlich ohne Erfolg. Ich, als junges Mädchen konnte sowieso nicht prozessieren, das wäre nur über meinen Vater möglich. Doch Advokaten kosten Geld, viel Geld. Von diesen reitenden Postboten existieren recht viele, wie ich später erfuhr. Ihre Auftraggeber sind im Prinzip die Menschen mit Macht und Geld, von denen ich vorhin sprach – darunter natürlich auch die Advokaten, also die, die Recht sprechen sollen und nicht das Unrecht bei den Armen übersehen, da es dort bestimmt nichts zu verdienen gibt. In meinem Fall ist das Geld nicht das Wichtigste für die Rechtsprecher, sondern die Notwendigkeit. Ja für ihre Tätigkeit benötigen sie schnelle und gute Boten.

Stecken sie einen in das Gefängnis, fehlt er womöglich an anderer Stelle. Wie sagt ein Spruch: Eine Hand wäscht die andere.

Nun überleg bitte oder rechne einfach – na klar, der mit offenen Mund hier Sitzende kam zur Welt. Was machte Deine Mutter? Sie legte mir Dich auf den Schoß und sagte:»Gib ihm die Brust!« Anschließend folgten noch einige Instruktionen und damit war ich Deine Amme. Von der »Hilfshebamme« zur Pflegemutter, wobei mir im Prinzip keine andere Wahl blieb. Oft genug landen geschändete Frauen auf der Straße. Uns verbinden demnach von Deinem ersten Tage an feste Bunde. Ich war zwar noch sehr jung, doch durch Ludmilla besaß ich etwas Erfahrung. Bei einem fremden Kind sind dies jedoch keine Gefühle, sondern Handlungen. Jedes kleine Kind ist ein Geschöpf Gottes und ein Geschenk.

Für meine eigene Person war es ebenfalls ein Geschenk. Die meiste Zeit verbrachte ich nun in den Gemächern Eurer Familie, kümmerte mich rührend um Dich und war fast von allen anderen Tätigkeiten befreit. Fast! In Deinen Ruhezeiten war Waschen und Putzen angesagt. Was tut da eine schlaue Amme?

Richtig! Sie verkürzt die Mahlzeiten, damit das wohl genährte Bübchen nicht so lange schläft. Dein Schreien schallte durch das ganze Haus und ich rannte zur Pflichterfüllung. Das ging dann so weit, daß ich ein schönes weiches Bettchen neben Dir bekam, damit der Schlaf Deiner Eltern nicht gestört wurde. Nach und nach, fast unbemerkt, saß ich mit am Frühstückstisch, spielte mit Dir in der Stube und sogar in der Mittagszeit durfte ich in Deiner Nähe lesen und brauchte keine Hausarbeit zu erledigen. Das Wort »Familienmitglied« ist bestimmt etwas vermessen, doch als Leibeigene fühlte ich mich nicht mehr. Die neue Rolle gefiel mir mit der Zeit immer besser. An Wohlstand und ein schönes Leben kann man sich schnell gewöhnen und damit war es mir egal oder anders herum, ich machte mir keine Gedanken, daß das Dienstmädchen einen Teil meiner Tätigkeiten mit übernehmen mußte.

Du wirst dies vielleicht nicht glauben, jedoch besorgte Deine Mutter eine Menge teuren Kümmel und diesen mußte ich in meiner Kohlsuppe essen – angeblich regt dies die Produktion von Milch an. Woher sie diese Weißheit hatte, ist mir nicht bekannt; jedoch fällt mir in diesem Zusammenhang eine kleine Geschichte ein: Du warst glaube ich schon etwa 18 Monate alt. Ich saß in der Küche und flickte die kaputten Kleidungsstücke. Plötzlich bemerkte ich neben mir ein Kratzen auf dem Fußboden. Auf allen »Vieren« krabbelnd bugsiertest Du den Schemel zu meinem Stuhl, stelltest Dich darauf und der sofortige Griff zu meiner Brust verdeutlichte die unklaren Worte. Das Spielchen ging bestimmt bis zum 20. Monat, ist ja auch nicht so wichtig. Wenn ich Dich heute anschaue, geschadet hat dies nicht. Irgendwann war auch der Kümmel alle und mein Vorrat reichte nicht mehr aus.

Stelle jetzt bitte keine Fragen, ob Du ein ruhiges Kleinkind warst, welche Krankheiten Deinen Körper strapazierten, wann die ersten Schritte ohne Sturz zur Vollendung kamen. Nichts! Gar nichts! Ich habe keine Lust wohl geformte Worte für den jetzigen Herren zu formen. Da ist es wieder – das Problem! Jeder Laut, ob richtig oder falsch kann Emotionen hervorrufen, die beiderseitige Nachteile bedeuten, also bleibe ich bei meinem Leben und der »Reiche« wird nur nebenbei erwähnt. Dein Leben laß Dir von Deiner Mutter erzählen, zumindest den kleinen Teil, den sie kennt.

Einiges verstehst Du noch nicht, warum ich Dir dies trotzdem erzähle – die Auflösung kommt zum Schluß. Wie gesagt, mein Leben und das Deinige ähneln sich in den verschiedensten Positionen, wobei Überschneidungen, Verwicklungen und sogar Irritationen auftreten. Ich weiß, die Rolle ist für einen Fürstensohn ungewöhnlich, normal hat er das Sagen. Unsere Beziehung, Verzeihung! – das Verhältnis zwischen Zofe und dem gnädigen Fürstenknaben entspricht ja auch nicht den normalen Gepflogenheiten. Der junge Mann hat ja nun mitbekommen, daß sein wahrer Vater der Pferdeknecht des Onkels ist. Die Geschichte fängt jedoch schon vorher an. Vielleicht erinnert sich mein Zuhörer an die früheren Worte über meinen älteren Bruder, den mein Vater sehr früh in andere Hände geben mußte, weil für ihn hier kein Platz war. Wohin? Na! Schweigen! Überleg!

Keine Idee! Schwach! Ich helfe! Mein Bruder kam auf das Gut von Deinem Onkel und zwar im Knabenalter, um am Anfang Pferdeställe auszumisten und der später sogar richtiger Pferdeknecht wurde; im Prinzip nahm er auf dem Hof Deines Onkels die gleiche Position ein, wie mein Vater hier. Scheinbar dämmerts langsam, zumindest deutet dies der verwirrte Blick an. Zum Glück sitzt Du ja schon, ansonsten wäre das Söhnchen eines Leibeigenen ins Wanken gekommen.

Mein Bruder ist Dein Vater! Nun ist es raus! Wie oft im Leben, alle kennen die Umstände, nur die Betroffenen nicht. Daß zwischen uns eine Blutsverwandtschaft besteht – wer hätte das gedacht! Trotzdem trennen uns Welten! Die Trennung bleibt auch bestehen, denn die Lösung dieses Dilemmas ist, wie dem edlen Fürstensohn bestimmt bekannt ist, schon vollzogen. Mein Bruder wurde zum Schweigen mit einer mir unbekannten Summe verpflichtet und nach O. geschickt.

Für Menschen unseres Standes eine Lösung, mit der das geliebte Brüderchen leben kann. Ein aufgedecktes Verhältnis mit einer Adligen endet in der Regel schlimmer. Sag jetzt bitte nichts! Worte in der ersten Erregung sind nicht wohl überlegt, sondern ein Reflex, eine Reaktion ohne nachzudenken. Besser ist bestimmt: Du denkst darüber gar nicht nach – das Problem ist gelöst und Du bist auf der Gewinnerseite! Wie üblich, bei Adligen! Jedoch, einen kleinen Gedanken ist die Angelegenheit schon wert. Hätte Dein anerkannter Vater nicht meinen Bruder fort gejagt, sondern Deine Mutter. Oh! Oh! Keine feinen Lederstiefelchen mehr, kein warmes Bett, kein eigenes Zimmer … willst Du noch mehr hören? Bestimmt nicht! Trotzdem solltest Du daran denken, aus reich kann schnell arm werden, obwohl Du der gleiche Mensch bleibst. Die Armen haben ein schweres Los gezogen und kämpfen ums Überleben. Deswegen sind dies keine schlechten Menschen. Die größeren Verbrecher sind bestimmt auf der anderen Seite zu finden, die die Menschen schlagen, ausbeuten und als Spielzeug benutzen. Denke daran, diese unsichtbare Wand ist entscheidend für Dein Leben. Du kannst nicht in beiden Räumen gleichzeitig wohnen. Im Moment befindest Du Dich noch in einer Art Durchgangsflur zwischen den Klassen. Solltest Du Dir einen

Stuhl suchen, um eventuell länger im Flur verbleiben zu können, so wird der lange Arm Deines Elternhauses Dir den Schemel unter dem Hintern wegziehen, ein Seil um den wankelmütigen Körper legen und Dich auf den richtigen Weg wieder ziehen. Du bist noch jung, was in dem Fall fast eine Entschuldigung ist. Jungen Menschen wird ein Fehler eher verziehen, denn sie sind noch nicht wissend.

Eins weißt Du jedoch mit Bestimmtheit: nicht alles was wahr erscheint, ist dies auch und manches Wort wird mit zwei Zungen gesprochen. Nimm nicht die Welt als eine Selbstverständlichkeit hin, sondern prüfe, schau genau und achte aus das kleinste Detail. Meine Spucke im Mund ist schon ganz klebrig! Gib mir bitte die Milch herüber! Ohne Murren bekomme ich sie gereicht, obwohl sie mir nicht zusteht. Das Söhnchen hat schon etwas gelernt – kein Wunder bei der Amme und dem Vater.

Mit meiner eigenen Geschichte bin ich jedoch noch nicht zu Ende. Es gibt Augenblicke im Leben, die sind unauslöschlich. Die kleinste Begebenheit kann die gesamten Erinnerungen zu einem Bild im Kopf werden lassen, daß teilweise in übertriebener – positiver oder negativer Art – erscheint. Sehe ich einen Menschen, dessen Aussehen dem eines Postreiters ähnelt, entsteht nicht nur ein düsteres Bild in meinem Kopf, sondern die Welt vor meinen geschlossenen Augen entspricht einem Horizont, wo dahinter das Fegefeuer wartet. Eine unendliche Tiefe tut sich dahinter auf – das Schreckliche, das Ungewisse, das Böse. Immer wieder spüre ich die Schmerzen; die Schläge, die ich empfing; seine brüllenden Worte; die groben Hände an meinem Körper. Er nahm mich mit aller Gewalt von hinten. Plötzlich hörte ich nichts mehr, sondern meine Gedanken wanderten weg von dieser Stelle hin zu des Vaters gut behütetem Pferdestall. Deine Mutter wollte immer schnelle Pferde besitzen, oft standen die schönsten Rösser auf dem Hof, um die eigenen Pferde zu veredeln. Doch manchmal wollten unsere Stuten von diesen teuren Hengsten nichts wissen. Meine Aufgabe bestand immer darin das Pferd hinten herum einzufetten, während der Vater den Hengst vorbei führte, um sein Interesse zu wecken. War es dann soweit, mußten die Hinterbeine der Stute mit einem Strick fest gebunden werden, damit sie nicht ausschlägt und eventuell den Hengst verletzt. Der Vater paßte dann beim Bespringen auf, daß das stürmische Tier nicht sein Ziel verfehlte und führte das Glied zur richtigen Stelle, denn meistens wurde nur ein Versuch ausgehandelt und da mußte natürlich alles klappen. Das ist schon irrwitzig, welche Gedanken einem Mädchen kommen, der eine derartige Schmach angetan wird. Bevor diese Gedanken aus meinem Kopf verschwanden und ich zu Sinnen kam, war er schon verschwunden und ich lag als mißhandeltes Mädchen am Boden. Pferde besitzen demnach sogar im Unterbewußtsein Gefühle und handeln nicht nur instinktiv. Greift jedoch die Hand des Menschen ein, lenkt er, zumindest versucht er die Handlungen der Tiere in seinem Interesse zu leiten.

Du verstehst vieles noch nicht, trotzdem erzähle ich weiter. Ich muß! Warum, begreifst Du später! Es sind dann wohl bald drei Jahre vergangen. Mein Leben mit Dir beanspruchte mich voll und vertrieb somit sämtliche anderen Gedanken aus meinem Kopf. Das Unfaßbare, das nie zu Erwartende, das Wunder passierte. Diese Stimme erkannte ich schon von weitem. Dann die Gewißheit, tatsächlich stand dort mein Vater und unterhielt sich mit meinem Peiniger. Über was habe ich nichts und wollte ich auch nichts erfahren. Ich merkte nur, daß ein Zucken meinen Körper durchfuhr und wie eine »Geisterhand« mich durchschüttelte und zu Boden riß. Nach zwei Tagen erwachte ich und wußte von nichts mehr. Eine vollkommene Leere in meinem Kopf. Sehr langsam bekam mein Körper die Kraft zurück, um das Bett zu verlassen. Mit jedem Schritt den ich lief, schien ich mich von meinem alten Leben zu entfernen, welches immer noch eine dunkle Stelle in meinem Kopf darstellte. Ich war da und funktionierte, denn das »Jetzige«: die täglichen Handgriffe und Tätigkeiten erledigte ich emotionslos, gedankenlos – fast wie eine hölzerne Marionette, wo eine unbekannte Hand an den Fäden zog. Ich trommelte mit den Fäusten auf den Kopf, um alte Erinnerungen zu wecken. Doch nichts passierte, die Vergangenheit schien verschwunden.

Es scheint eine alte Weißheit zu sein: Geist und Körper gehören zusammen.

Ein geschundener Körper entwickelt keine fröhliche Stimmung; er verschwendet auch keine Minute, um Schlechtes aus der dunklen Finsternis hervorzuholen.

Ein geschundener Körper benötigt Ruhe und Geborgenheit. Die bekam ich vom Doktor verordnet und von deinem Vater genehmigt. Die Diagnose schien sehr zweifelhaft, denn seine Vermutungen liefen in eine Richtung hin zu der Krankheit, die sie Fallsucht nannten. Die schlimmen Befürchtungen trafen ein, denn mit jedem krampfhaften Bemühen, die alten Erlebnisse in Gedanken umzusetzen, welche mithelfen sollten, eine Verdeutlichung des Szenarios zu erreichen – bedeuteten eine Verschlechterung. Auf einmal fielen mir auch Worte eines bekannten russischen Schriftstellers ein, der scheinbar unter der gleichen Krankheit litt. Er beschrieb den Moment des Zusammenbruchs als ein Erlebnis des höchsten Glücksgefühls. Dies dauert nur wenige Augenblicke, jedoch sind diese Empfindungen mit normalen nicht vergleichbar – ein scheinbarer, kurzer Aufenthalt im Paradies. Damals verstand ich die geschriebenen Wörter nicht, doch erlebt der Mensch Geschriebenes in Wirklichkeit sind die Emotionen scheinbar noch größer.

Diese Anfälle traten dann häufiger, jedoch unregelmäßig auf. Ein Kleinkind merkt natürlich nichts davon. Die Jahre verliefen mit Deiner Erziehung und Pflege recht angenehm dahin, abgesehen von den Anfällen, die eine nie vorher berechenbare Größe darstellten. Ja, fast als glücklich bezeichne ich diese Zeit.

Menschen lernen oft mit ihrer unangenehmen Krankheit zu leben und finden Kompromisse. Eventuell ist dies nicht der richtige Ausdruck, vielleicht paßt sogar Tugend besser. Mir erschien dies auf jeden Fall eine tugendhafte Tat darzustellen, wenn ich den Beginn des Anfalles bemerkte und ich versuchte mit allen möglichen Mitteln und Ausreden ein Bemerken zu vermeiden. Das war öfters recht knapp, jedoch nur ich allein bemerkte den Aufzug des »innermenschlichen Gewitters«. Der Donner innerhalb meines Körpers schien mir den Kopf zu zertrümmern, jedoch gelangte kein Tönchen nach draußen. Ein Unwetter ist ein kurzer Augenblick, jedoch die Beseitigung der Schäden nimmt je nach Ausmaß einen längeren Zeitraum ein. Meine geistige Leistung litt mehrere Tage unter den Nachwirkungen. Deine und meine Mutter sagten dann oftmals: Was ist denn mit Dir los, Du bist ja völlig durcheinander und zu nichts zu gebrauchen. Mit einer belanglosen Ausrede beruhigte ich beide und fast unbemerkt schlüpfte ich in die alte Rolle zurück. Diese Nebenrolle lief ohne Publikum ab, sozusagen hinter dem Vorhang, der, wie ich schon eben erwähnte, oft recht spät fiel. Die andere Seite: Kein Mensch konnte das Ausmaß bzw. die Auswirkungen der unbekannten Krankheit kennen. Der Doktor erkundigte sich zwar nach meinem Befinden bei einem späteren Besuch – der zweifelhafte Blick schien meinen Worten keinen Glauben zu schenken, dafür galt seine Besorgnis auf medizinischem Gebiet anderen Patienten zu gehören. In höchstem Maße zufrieden mit der Nichtbehandlung, wünschte ich ihm noch frohes Schaffen. Sein Blick deutete ein tieferes Eindringen in meinen Gesundheitszustand an. Wer jedoch nichts sehen will verschließt die Augen.

Später hörte ich von einigen Fällen, wo plötzlich und unerwartet ein Patient vollkommen überraschend für alle gestorben ist. Ob dies nun auch ein Fall von Verschwiegenheit darstellte oder tatsächlich eine schnelle, schwere Krankheit den Tod herbeiführte ist im nachhinein schwer feststellbar. Im Allgemeinen ist der Umgang des Menschen mit Krankheiten; mit richtigen, mit vermuteten, mit unverhofften, mit kaum einschätzbaren oder wie in meinem Fall, mit unbekannten, von Fall zu Fall verschieden, wie auch jeder Patient verschieden ist. Der Hypochonder ruft schon nach einem Mückenstich den Doktor; andere glauben dagegen an die Selbstheilung des Körpers, was ja oftmals bei kleinen Weh- Wehchen stimmt. Wiederum glauben die Gedankenlosen: nur »Andere« betrifft das Thema Krankheit – Sie sind hilfreich und gut und deshalb auf dieser Welt auch nicht für den Augenblick einer Minute entbehrlich. Lauscht man den Gesprächen auf den Gesellschaften, ist dies ein beliebtes Thema. Ich könnte mit diesen oft teilweise theatralischen Schilderungen, die unzweifelhaft ein »Bemitleidigungsgefühl« hervor rufen sollen, noch eine gewisse Zeit verbringen.

Zeitverschwendung und hat auch im Moment noch nicht die Bedeutung – ich komme später auf das Thema zurück.

Schildere ich lieber den weiteren Weg des mir gegenüber sitzenden Bübchens, der schon gespannt auf meine Lippen schaut, ob da vielleicht noch eine Heldentat zum Vorschein kommt. Leider nein! Fast langweilig verliefen die nächsten Jahre – keine Krankheit, kein Unwetter; nichts, was die schöne Ruhe stören konnte. Du verbrachtest die Sommermonate bei Deinem Onkel und ich bei meinen Eltern. Nach einem anstrengenden Tag verbrachten wir die Abende mit lesen oder saßen mit den anderen Bediensteten auf dem Hof, wo oft die Fröhlichkeit zum Vertreiben der düsteren Gedanken behilflich war. Ein beschwingter Mensch ist ein guter Geselle, der hilft, die Sorgen zu vertreiben. Leider erhöhte sich mit dem Branntweinspiegel auch die Melancholie der Lieder. Meine Familie ging dann immer hinüber in das Herrschaftshaus in unser geliebtes Stübchen. Doch ein bißchen froh, einen etwas gehobenen Lebensstandard erworben zu haben. Ich will nicht behaupten, der Leibeigenschaft schon entronnen zu sein; doch mein Vater verlor nie sein Ziel aus den Augen: ein selbstständiger Bürger Rußlands zu werden. Das unterschied uns von den restlichen Leibeigenen.

Von meinem Vater habe ich gelernt: Wer im Leben etwas erreichen möchte muß kämpfen, Entbehrungen einstecken, Wissen aneignen, den Durst nicht mit Alkohol löschen …, die Kette könnte ich beliebig verlängern, so viel hat mir der geliebte Vater mit auf den Weg gegeben. Meine Mutter hat mir kein Wissen vermittelt, aber andere wichtige Dinge: Geschicklichkeit im Haushalt – allein dieser Punkt besitzt schon eine Fülle, die von immenser Bedeutung ist. Wer schnell und geschickt ist, erwirtschaftet Zeit, die ihm in anderen Dingen zu Gute kommt. Noch eins habe ich von meiner Mutter gelernt: Ausdauer, Beharrlichkeit, ja fast zeigte sie eine Hartnäckigkeit zum Erreichen eines bestimmten Zieles, die teilweise die gesamte Kraft erforderte. Hat der Mensch ein Ziel vor den Augen, so darf er den Blick nicht abwenden, um eventuell ein leichteres zu erreichen. Schön, wenn die Kinder von den Eltern lernen können. Das ist in Deinem Fall nicht so. Mutter und Vater leben selbstzufrieden im Wohlstand; kein Ziel, kein Wissensdurst, kein Antrieb. Sicherlich ist der Fürst bemüht, den Wohlstand wenn möglich zu verbessern. Doch dafür benötigt er nicht viel

Eigenleistung, sondern nur gute Advokaten. Wohlstand kann demnach die Lust am Leben auf die vergnügliche Form reduzieren. Darum paß auf, nicht in den Strudel der Selbstzufriedenheit zu geraten. Versuch immer ein denkender, sich weiter entwickelnder, nach allen Seiten schauender Mensch zu bleiben, der nicht nur zwischen arm und reich unterscheidet, sondern das menschliche Wesen im Ganzen betrachtet. Versuch, ihre Seele – ja, schau tief in das Innere, ob das Blut nicht getränkt ist von bösen Gedanken, sondern die Reinheit des Herzens die Handlungen des Menschen bestimmt. Einfach ausgedrückt: Akzeptiere den Menschen, wie er ist, jedoch prüfe und wäge genau ab, was hinter seinem Erscheinungsbild steckt. Das kann dauern, nicht jeder Mensch offenbart das wahre Gesicht. Genug der klugen Worte! Für den Sohn meines Bruders gilt es einen Weg zu finden zwischen arm und reich, zwischen pompösem und normalem Wohnen, zwischen Wissen und Unwissenheit, zwischen gut und böse, zwischen Ehrlichkeit und Falschheit. Willst Du noch mehr hören oder gar die Ratschläge auf Papier nieder schreiben, damit das Gedächtnis keinen Punkt vergißt.

Das ist zwecklos! Lerne! Lerne Dein Leben zu meistern!

Nicht jeder tritt in die Fußstapfen seines …, ich will so sagen: »Nicht jeder wird das, was von ihm erwartet wurde; nicht jede noch so gute Ausbildung wird mit Erfolg belohnt; nicht jede Arbeit ist zwecklos, auch bei Nichtgelingen ist jeder Versuch lobenswert. Wer vor einer Hürde stehen bleibt und zu sich selber redet: Das kann ich nicht! Das schaff ich nicht! Das tue ich nicht! Das muß kein schlechter Mensch sein, aber bestimmt kein Wesen, zu dem aufblickt, den man mit Würde betrachtet oder nacheifert. Warum gebe ich Dir Worte mit auf den Weg? Nachdenken! Nicht alles hinnehmen! Nur ein Mensch der weiß, was er tut, warum er so handelt und welches sein Ziel ist, wird die menschliche Größe erreichen, die sein Licht weit strahlen läßt. Ist das Tun dann noch von Güte und Herzlichkeit gekennzeichnet, handelt es sich dabei schon um eine außergewöhnliche Person. Mein Vaters Bruder pilgerte viele Jahre und ernährte sich kläglich.

Nach dessen Rückkehr fragte ich ihn, warum er nicht Geistlicher wird.

Auf mein tägliches »Pfeifchen« kann ich nicht verzichten, bekam ich zur Antwort. Jeder Mensch hat doch Fehler, kein vollkommenes Wesen existiert auf der Erde, jedoch sollte nicht jede kleine Erscheinung, die der Tugendhaftigkeit bzw. der Vollkommenheit einwenig widerspricht, eine Überbewertung erfahren.

Du hast Deinen Lehrer und ich meinen Vater und die Bücher zur Aneignung von Bildung. Noch dazu prägte mich das Leben im besonderen Maße. Wie gesagt: Dein Leben verlief in ruhigen Bahnen, meins dagegen geriet immer mehr aus den Fugen. Die Anfälle schüttelten öfter nicht nur an meinem Körper, sondern genau so schlimm am Geist. Somit gelangest Du wohl behütet bis in das 12. Lebensjahr. Die Heldentat bei Deinem Opa erreichte natürlich auch uns und die mutige Tat mit der Vertreibung des Wolfes verhalfen mir zu der Gewißheit – aus Dir wird ein guter Mensch; wobei die Bezeichnung »gut« natürlich sehr ungenau ist. Jetzt taucht selbstverständlich die Frage auf: Ist jede Heldentat eine gute, eine unbedingt nötige Handlung? Nun überlege doch einmal: Deinen Schilderungen nach schien der Wolf eine Wunde an seinem Körper besessen zu haben, die eine Veränderung seines Verhaltens mit sich führen könnte. Anders ausgedrückt, er sammelt vielleicht nochmals alle Kräfte und stellt sich dem Kampf.

Ein treffender Schlag mit Deinem Knüppel hätte das wilde Tier bis zum äußersten gereizt und außer Deinen Stiefelchen wäre bestimmt nicht viel übrig geblieben.

Jeder hätte gesagt: Wie konnte das Kind nur so unvernünftig handeln? Diese, mit tränenreicher Stimme gesprochenen Worte, sind aufrichtig gemeint – jedoch wird keiner sagen: Der jugendliche Knabe hat versucht das Menschenleben zweier Individuen zu retten und ist dabei Heldenhaft gestorben. Erfolg oder Mißerfolg, Held oder Trottel, Himmel oder Hölle – das liegt öfter dichter beieinander, als dem Betreffenden lieb ist. Im Augenblick der Handlung verändern sich seine Sinne, er hat nur den Erfolg als Zielsetzung. Für eine Abwägung der Komplikationen bzw. der Erfolglosigkeit besteht in der Regel keine Zeit.

Sicherlich kann eine Heldentat großspurig vorher angekündigt werden.

Sollte sie dazu noch gelingen ist die Anerkennung natürlich groß. Eine Erfolglosigkeit endete oft mit Schimpf und Schande und die betreffende Person wurde nie wieder gesehen. Auslachen, verspotten, hänseln sind Taten, die manche Menschen nicht vertragen. Zeigt ein sonst selten in Erscheinung tretender, kaum denkender Erdenbürger kopfschüttelnd mit dem Finger auf den vor Ärgernis sich selbst zerfleischenden, ist das die größte Strafe für ihn. Vielleicht nur durch eine kleine Widrigkeit scheiterte das Wagnis und dann diese Schmach. Wer nicht wagt, der nicht gewinnt und wer verliert, der ist der Trottel.

Nun jedoch zurück zu meinem kleinen Helden, dem das Glück scheinbar mit in die Wiege gelegt wurde. Du brauchst nicht so die Nase zu rümpfen, weil vielleicht ein Vater an der Wiege stand und der andere sehnsüchtig im Pferdestall auf Nachricht wartete. Schau, meine Ludmilla wäre heute ein paar Monate älter als das wohl genährte Fürstensöhnchen und hätte bis zu diesem Zeitpunkt und selbstverständlich auch später, nie ihren Vater gesehen, geschweige denn kennen gelernt. Kein gutes Thema! Entschuldige! Wieso soll ich mich entschuldigen?

Mir zerreißt es jetzt fast noch das Herz, trotz der vielen vergangenen Jahre, aber warum schweigen – ein kleines Menschlein ist gestorben – das ist schlimm – mit Schweigen, mit Unausgesprochenheit, mit Verdunkeln ist der Seelenfrieden nicht besser zu erreichen.

Über die kleinen Geschehnisse eines pubertierenden Jünglings verliere ich nicht mehr viele Worte. Das ist ein Zeitraum, besser ein Prozeß, noch besser eine tückische Entwicklungsstufe, wo der Betreffende nicht mit dem Kopf entscheidet, sondern Gefühle, Sehsüchte – fast bestimmt manchmal sogar ein sogenanntes »Liebesfieber« das Handeln. Liebesfieber hört sich komisch an, denn Fieber steht in der Regel in einer Krankenakte, doch so schlecht finde ich den Ausdruck nicht. Eine gewisse heiße Erregtheit, ein Fieber ist das schon; jedoch einer anderen Art, einer, die keine ärztliche Betreuung bedarf. Ohne Medikamente verschwindet oftmals die Hitze recht schnell; in seltenen Fällen hält das Liebesfieber über einen längeren Zeitraum an, was nicht wünschenswert erscheint.

Es ist dann fast das Wort Krankheit anzuwenden, denn scheitern sämtliche Versuche die körperlichen Wallungen in die betreffende Richtung zu lenken, sondern prallen kommentarlos ab, sollte nach einer geraumen Zeit ein erneuter Versuch mit neuem Ziel gestartet werden. Unbedingt. Ein Einstellen oder ein Unterdrücken des zwischenmenschlichen Fiebers kann eklatante seelische Folgen, fast eine dauerhafte Schädigung – mehr des Geistes als des Körpers – nach sich ziehen.

Ja, ja, ich hör schon auf. Später; eigentlich recht bald; denn Deine Entwicklung schreitet recht schnell voran, verstehst Du die Hintergründe meiner Wörter besser. Ich muß sie trotzdem jetzt sprechen, später ist dazu vielleicht keine Zeit mehr. Weißt Du, Zeit ist relativ: Sie kann lange dauern oder schnell vergehen!«

Nicht dieser letzte Satz, sondern SIE höchst persönlich geleitete mich in eine Gemütsverfassung, die im nachhinein schwer erklärbar scheint. Während dieses langen Gespräches, falsch: Ich sagte kein Wort – also – während der stark artikulierten Rede fand eine Veränderung ihres Wesens statt. Angefangen vom äußeren Schein, wo ein strahlendes Gesicht am Anfang den frohen Gemütszustand ausdrückte, konnte ich Augenscheinlich eine Frau beobachten, die die gewohnte Fröhlichkeit verlor und zum Schluß fast eine tiefsinnige, trübe Stimmung besaß. Diese herrlich rosa Wangen wechselten die Farbe ins blässliche, was zur Folge hatte, sie wirkten nicht mehr so voll sondern eingefallen. Die Lippen schienen immer die Form eines nach oben gerichteten Bogens zu haben, was dem gesamten Gesicht zu einem friedlichen Aussehen verhalf. Jeder, der dies zarte Gesichtchen sah, dachte innerlich: Keine böse Tat, noch nicht einmal zu einem bösen Wort ist dieses Wesen fähig. Eine seelische Reinheit, die sich auf den ganzen Körper übertrug. Fast dachte ich manchmal, sie benötigt kein zusätzliches Licht, denn ein Heiligenschein zeigt ihr den Weg. Doch dieser Lichtstrahl verlor immer mehr an Wirkung – immer dunkler schien es in ihr und um sie zu werden. Sogar das geliebte lockige Haar wirkte wirkungsloser. Früher schien auf dem Kopf ein Wellenmeer sein Spielchen zu treiben – nun hingen farblose Strähnen herunter, die einen jahrelangen Altersprozeß ausdrückten. Wie ist das möglich? Ein Mensch kann doch nicht während einer langen Rede um Jahre altern.

Doch! Ich habe dies nun erlebt und bin zu der festen Überzeugung gekommen, daß ist nicht mehr die Frau, die ich kannte, sondern fast einer Abschiedsrede gleich, deutete ich nun die Worte. Viele gute Klänge – die Ratschläge und Weisheiten beinhalteten – formte sie zu einer Sinfonie zusammen, wo eine recht fröhliche Ouvertüre auf ein stimmungsvolles Ende hoffen ließ, läßt dagegen der Dirigent zum Schluß einen Trauermarsch spielen, um dann den Taktstock für ewig aus der Hand zu legen.

Im Eifer des Erzählens, ob nun bewußt oder unbewußt, blieb ihre lebensbedrohliche Krankheit im Hintergrund. Ihr gesamtes Ansinnen, ihr einziges Trachten, ihr aufopferungsvolles Streben – galt MIR! Warum? Die Lebensmaxime des kranken Menschen besteht darin: Mittel und Wege zu ergreifen, um schnell zu gesunden. Doch diese Frau stellt sich in ihren eigenen Schatten. Bewußt! Spürte sie ein Gewitter heranziehen, welches alles bisher Erlebte wahrscheinlich übertraf?

Oder bemerkte sie eventuell sogar das Grollen im Hintergrund – vielleicht bemerkte sie schon seit einem längeren Zeitraum das Herangleiten eines Dämons, der sie zu sich in sein Höllenreich befördern möchte. Rechnete meine »Vergötterte« etwa damit, den Kampf zu verlieren? Fast glaube ich jetzt daran! Es dauerte nur wenige Minuten. Der schon fahle Gesichtsausdruck nahm die Form eines Leichenkopfes an. Blutleer mit weißen Augen kippte »meine Heilige« um und begann wie wild auf dem Fußboden zu strampeln. Ich weiß nicht mehr wie lange und weiß natürlich ebenfalls nicht, ob der Zusammenbruch durch das Schwinden der Kräfte kam oder ob der Dämon ihr die Luft abdrückte. Sie lag da und schien tot zu sein. Erst nachdem ich mich über sie beugte bemerkte ich den zarten Luftzug, der aus ihrem Mund kam. Zu meiner Verwunderung, ach was – zu meiner größten Freude – schlug das engelsgleiche Wesen die Augen auf.

Noch mehr, die Lippen nahmen wieder den Bogen nach oben ein und aus einer kleinen Öffnung des Mundes klangen die Worte: »Was ist geschehen und wieso liege ich am Boden?«

Ein sprechendes Wesen versuchte eine Sitzposition einzunehmen, was im ersten Versuch jedoch mißlang. Dank meiner Hilfe richtete sie sich auf und versuchte wiederum zu sprechen. Kam der erste Satz noch leise und stockend heraus, verstand ich nun nichts mehr. Das Gehör schien jedoch die gewünschte Kraft zu besitzen, um alles zu verstehen. Meine Worte der Hilferufung löste bei ihr ein starkes Kopfschütteln aus, was bestimmt bedeutete: Keine Benachrichtigung an Andere! Mein Engel lag am Boden mit gestutzten Flügeln, ähnlich einem Jungvögelchen, das zu früh aus dem Nest gefallen ist. Wie weiter? Hilflos stand ich neben ihr – keine gute Stellung – hinsetzen – besser – viel besser! Ich sah leere Augen, die mich zwar ansahen, jedoch schien das Gesehene nicht im Kopf anzukommen. Jeder Versuch einer Bewegung endete in einem Taumeln, einem Schaukeln, einer derartigen Orientierungslosigkeit, daß ich annehmen mußte: zu diesem Körper existiert im Moment kein funktionierender Geist. Ich erinnerte mich daran, was mir gut tat – Streicheleinheiten. Vorsichtig begann ich die blassen Händchen zu streicheln. Ein wohlgesonnener Blick vermittelte mir die Richtigkeit meines Tuns. Das oftmals im Traum erwünschte trat ein, ich streichelte meine Traumfrau, die mich jedoch nicht heiraten möchte. Bei dem Gedanken an die Heirat verzauberte sich mein Gesicht in einen Zustand der Freude und Zuversicht. Träume können einen Menschen verzaubern, ihn für einen kurzen Augenblick in eine andere Welt befördern. Sie schien die Veränderung des Gemütszustandes zu bemerken und begann ebenfalls zu lächeln.

Manches bedarf keiner Worte, sondern der Taten. Ihr Kopf neigte sich beträchtlich nach vorn und ich erschrak einwenig; doch sie wollte nur ihre gestreichelten Hände betrachten, die vielleicht den gleichen Impuls des Hochgenusses auslösten, den ich leidenschaftlich liebte. Freude kann Leben erwecken – ein Gedanke – den ich nun versuchte mit Leben zu erfüllen. Ich rückte näher heran, so nah, daß jeder den anderen spürte. Nein, nicht nur den Atem. In unserem bisherigen Leben waren wir uns bestimmt noch nie so nah, wie in diesem bedeutungsvollen Augenblick. Mein Streicheln erweiterte sich auf ihr Gesicht mit einer von mir bis dahin nie da gewesenen Zärtlichkeit, wie mir erst später bewußt wurde. Fast legte sie ihr langsam an Farbe gewinnendes Köpfchen in meine kleinen Hände. Wie lange wir eng aneinander geschmiegt auf dem Fußboden saßen – keine Ahnung! Die Zeit schien stehen geblieben zu sein – nein! Die Zeit veränderte sie zum Positiven: in einem Menschen, dessen Körper lebt, dessen Geist lebt, dessen Gedanken zurückkehren in die reale Welt. Sich überschätzend mißlang der Versuch des Aufrichtens und sie landete wieder in meinen Armen. Es entstand ein Bild: die bisher voll im Leben stehende Gouvernante in den fast noch kindlichen Armen eines Fürstensöhnchens. Ich löste die ungewollte Umarmung, um ihre herunter gefallene Haarspange aufzuheben. Neben ihr kniend schaute ich nach oben und erblickte meine »Zarte« in einem jämmerlichen Zustand. In meinem Kopf entstand jedoch eine ganz entgegengesetzte Illusion, ein vollkommen anderes Bild, ein Bild, das sie mir erst kurz vorher zeigte – die Sixtinische Madonna. Ich kam mir wie der pausbäckige Engel am unteren Bildrand vor.

»Madonna«, platzte es bei mir heraus.

»Ja, Du hast Recht«, antwortete sie mit einer Stimme, der es noch an Klarheit fehlte, aber schon die gewohnte Lautstärke besaß. Ich weiß nicht, wie ihre Zustimmung zu meinem Gedanken entstand. Eine Frau, die kurz vorher mit dem Tode rang, kann plötzlich Gedanken lesen.

Nicht ungewöhnlich! Menschen, die sehr viel Zeit gemeinsam verbringen haben auf Grund der Erlebnisse oft die gleichen Gedanken in besonderen Situationen.

»Hilf mir beim Aufstehen!« Ein Befehl, der ausdrückte: in diesem Körper ist die Kraft zurückgekehrt. Tatsächlich, sie schaffte das Unmögliche und wir begannen einen lautlosen Rückzug in ihr Zimmer.

»Sag morgen allen Bescheid, Du hast mit mir über das Unwohlsein gesprochen und ein entgegenkommendes Lächeln in meinem Gesicht verriet Dir, ein kranker Mensch sieht anders aus. Kein Grund zur Sorge, sie ist alt genug und schafft das allein! Hast Du das verstanden?«

Am nächsten Morgen lief wie gewünscht, die Angelegenheit lautlos ab. Meine Mutter tobte zwar etwas: »Mein Gott, wie oft ist denn das Mädchen in letzter Zeit krank?« und das war es dann auch. Keine Nachfrage betreffs eventueller Hilfeleistungen oder ob vielleicht sogar ein Doktor notwendig ist. Das habe ich schon in der Zwischenzeit gelernt, in diesem System wird ein nicht funktionierender Mensch mit dem geringsten Aufwand und am besten ohne Kosten ausgetauscht.

Ein Leibeigener ist ein Untergebener, der für seinen Herren Nutzen bringen muß. Ist dies über einen unakzeptablen Zeitraum nicht der Fall, folgen Konsequenzen, die in der Art und Weise natürlich unterschiedlich ausfallen. Im nachhinein verstehe ich schon die Ängste und Sorgen meines kranken Engels.

Die Befürchtungen, die durch das Köpfchen eines Fürstensöhnchens gingen, ließen selbstverständlich ebenfalls die tiefgreifenden Forschungen vermissen.

Ein kranker Mensch wird nach einer gewissen Zeit wieder gesund. Gut! Tatsächlich erschien am nächsten Tag zur gewohnten Stunde eine schwächelnde, junge Frau, die sich sichtlich bemühte, einen ordentlichen Eindruck zu hinterlassen.

»Na, ja! Richtig gesund siehst Du noch nicht aus. Egal! Du weißt, was zu tun ist, also marsch an die Arbeit!« Worte von einer wohl kaum liebreizend denkenden Frau. Gib einem kaum denkenden Menschen Macht, übt er diese oft skrupellos aus. Nur aus der Bibel sind mir Menschen mit einer bedeutenden Stellung bekannt, die auch Gutes tun. Stimmt nicht ganz – neulich las ich von einem Ritter, der den Reichen das Geld wegnahm und es den Armen gab. Damit besteht noch Hoffnung. Doch wie will man einen Menschen zum Guten bekehren, der die Macht und damit die Gesetze sein eigen nennt. Auf der Welt müßte es darum so eingerichtet sein, daß jeder einmal für eine gewisse Zeit die Armut kennen lernt. Auch die Künstler, dann entsteht bestimmt ein wahres Bild, ein wahres Theaterstück ... Dies war nur so ein Gedanke, der mir spontan einfiel – einem mit kleiner Macht. Sie lief dagegen fast ohne ein Murren zur verkehrten Tür, bemerkte dies, drehte um, orientierte sich kurz, um dann den richtigen Weg einzuschlagen. Still saß sie dann in meinem Zimmer. Die ihr innewohnende Lebensfreude war gänzlich verschwunden. Später saßen wir beide oft stundenlang da, ich schaute sie an, doch meine Blicke fanden keine Erwiderung.

Viel mehr schien es mir, ihre Blicke wandern nach innen, als ob sie selbst Ursachenforschung betreibt. Eine grausame Szene: Diese junge Frau fängt an, den Lebenswillen aus ihrem Körper heraus zu treiben oder hat vielleicht die schleichende Krankheit schon über den Körper und der Seele eine Macht gewonnen, die ein eigenständiges Handeln nicht mehr ermöglicht. Der kranke Mensch hat nur noch die Sehnsucht, sich von diesen Elend zu befreien, durch welche Mittel auch immer. In der Regel enden derartige Versuche mit einer Verschlechterung des Zustandes. Es gibt Menschen, die in früheren Zeiten heldenhafte Taten vollbrachten, um dann im Krankenbett allen Mut, alle Hoffnung, alle Freude schnellstmöglich zu verlieren. Kein Funken Hoffnung ist mehr in ihren Augen zu erkennen, kein Wille zum Kämpfen. Solche schwachen Wesen zu verurteilen ist einfach, schaut man jedoch hinter die Kulissen, was kaum einer tut und auch kaum einer kann, sieht die Welt schon anders aus.

Der hilflose Jüngling und die kranke Frau, ein Dilemma, fast eine Tragödie.

Einer versucht zu helfen, aber der Andere kann nicht sagen, was er zur Hilfe benötigt. Die Ursachen erfuhr ich erst viel später. Zu der Fallsucht, welche in der Regel keinen tödlichen Verlauf nimmt, gesellte sich noch eine schleichende Schwindsucht, deren Stärke, je nach Lage der Dinge, einen unbestimmten Zeitraum einnehmen kann. Ein kämpfender Mensch, mit dem richtigen Doktor an seiner Seite, hat gewisse Chancen, den Kampfplatz vielleicht nicht als Gewinner, aber auch nicht als Verlierer zu verlassen. Er lebt weiter! Das ist erst einmal das Wichtigste! Den Kampf entschlossen anzugehen, zumindest die Seele auf ein Weiterleben einzustellen, das vermißte ich bei ihr. Wie gesagt, inzwischen sind mehrere Jahre vergangen. Ein noch so »Nahestehender« – auch kein eineiiger Zwilling – kann in das Innere des Betreffenden schauen. Spekulationen!

Spekulationen! Spekulationen! Müßig, sehr müßig, die komplette Gedankenwelt – was heißt hier müßig? Schier unmöglich! Kein Mensch und keine Maschine wird jemals ein anderes Individuum fehlerfrei beurteilen können. Der Erdenbewohner staunt oftmals selbst über Taten, Handlungen …, die er vorher so nicht für möglich gehalten hätte. Meine Vermutung geht nun in die Richtung; ich glaube, die »Unbeschmutzbarkeit«

meines Engels beeinflußt etwas die Entscheidung – hin zum reinen, zum heiligen – all ihre Handlungen besaßen sicherlich einen tieferen Sinn. Selbstverständlich kannte sie die Krankheiten, selbstverständlich bestand die Möglichkeit der Gegenwehr; selbstverständlich – nichts ist hier selbstverständlich! Einfach ihre Entscheidung: ICH ERGEBE MICH!

Vielleicht doch noch eine kleine Vermutung, weil sie mich betrifft! Langsam kam ich in das Alter, wo eine sogenannte Kinderfrau nicht mehr erforderlich ist.

Das schöne Leben im fürstlichen Hause schien bald vorbei zu sein. Sicherlich hätten meine Eltern sie nicht vom Hof gejagt, jedoch eine geschändete Frau, die teilweise anderen Leibeigenen schon Befehle erteilte, nun wieder unter ihresgleichen – mit Gebrechen (ohne Blessuren übersteht keiner diesen Kampf) – ein normales Leben zu führen, schien für sie eine Unmöglichkeit zu sein.

Nun geschah es, wie es geschehen mußte oder geschehen sollte. Unwichtig!

Wichtig – beide Krankheiten trafen unerbittlich aufeinander, was dazu führte, meine Fürsorgerin lag im Bett. Ihr Vater war längere Zeit unterwegs, um bei den besten Pferdehändlern schöne Rösser für meine Mutter auszusuchen. Die Mutter trat früh an das Krankenbett, um zu sagen: »Du kommst doch allein zurecht!«, womit sie verschwand und ihrer Arbeit nachging. Erst spät am Abend stand die erschöpfte Mutter wieder am Bett ihrer Tochter. In der Zwischenzeit kümmerte ich mich um mein »Heiligtum«. Aufopferungsvoll, das will ich wohl meinen!

Jede freie Minute stand ich neben ihr, wischte den Schweiß ab, gab ihr zu trinken, lüftete das Zimmer, doch der böse Geist blieb im Raum, klammerte sich förmlich fest am ausgemergelten Körper einer schnell älter werdenden Frau.

Weder einen Arzt noch eine andere Person durfte ich rufen. Wie soll ein junger Bursche eine schwer kranke Frau retten, der im Prinzip weder von den Krankheiten, noch von den Behandlungsmethoden, auch nur das geringste Wissen besaß. Was meine »Bettlegrige« nicht tat, ich schon – kämpfen. Und wie! Mit bescheidenen Mitteln, jedoch mit Hingabe. Dem

Lehrer spielte ich Krankheiten vor (hatte ich von ihm gelernt), nur um schnell bei ihr zu sein. Heimlich schlich ich in die Küche und stahl Dinge, wovon ich mir eine Linderung der Leiden erhoffte. Ja sogar in des Vaters Bibliothek traute ich mich, um von den Krankheiten mehr zu erfahren. Vergeblich! Vergeblich! Vergeblich! Schienen sämtliche Versuche zu enden, doch eines morgens sah ich eine Frau mit hellen Augen im Bett liegen. War dies nun nur ein Schein, den die noch tiefliegende Sonne in das Zimmer schickte oder begann das zarte Wesen tatsächlich wieder an sich zu glauben. So wie der böse Wind draußen eine Wolke vor den wichtigsten Planeten schob, so schien drinnen ihr Märtyrer die Decke über den aschfarbenen Kopf zu ziehen. Tatsächlich lag sie wie unter einem Leichentuch. Wie war das möglich? Allein, in diesem Zustand – unmöglich! Ich habe später gelesen, daß oftmals schwerkranke Menschen für einen kurzen Moment zu Kräften kommen können. Entschuldigung für die unnötige Bemerkung, sie fiel mir jedoch in diesem Moment gerade ein. Also ich schlug die Decke zurück, um sie vielleicht aus einem nicht enden wollenden Schlaf zu holen. Das geschah in einem Moment, wo der Sonnenstrahl wieder auf das Gesichtchen schien. Fast kam dies einem Auferstehungsmoment gleich, denn sie erwiderte den Gruß des Lichtes mit einem Lächeln. Der schönste Moment für mich seit Tagen, fast wie früher, wo ihr Lächeln mich verzauberte. Das ist doch Zauberei, schon nach wenigen Minuten verlor nicht nur der Raum an Helligkeit, sondern selbst das im alten Glanz erstrahlende Äußere zeigte eine bitterernste Miene. Wie dicht liegen doch Freud und Leid zusammen! Wie schnell kann ein Strahl des Lichtes auch ein Strahl des Lebens sein!

Gott sei Dank war mein Engel noch nicht im Himmel, obwohl er schon die Flügel zum Start ausbreitete. Die zarten Engelswesen müssen auf der Erde Freude verbreiten, im Himmel endet ihre ehrenvolle Tätigkeit. In den Ruhestand lasse ich die kranke Fee nicht so schnell entfliehen. Wenn schon die Engel Schwächen zeigen, was soll dann aus der wankelmütigen Erdbevölkerung werden.

Also hier geblieben, ihr seid knapp und werdet gebraucht. An wem soll sich denn ein schwacher Mensch aufrichten, wenn nicht an euch.

Das waren bestimmt nicht meine Gedanken am Krankenbett, denn nach dem kurzen Aufleuchten schien fast eine Verschlimmerung einzutreten. Schien nicht nur, sondern zu den »normalen« Krankheitssymptomen traten andere hinzu, was eine Kopflosigkeit bei mir hervorrief. Ich wußte nicht, was ich zuerst tun sollte. Doch!

Vorsichtig begann ich die fleischlose Hand zu streicheln. Schon nach wenigen Augenblicken begann die Medizin zu wirken. Mit einem schwachen Lächeln schaute sie mich an und aus einem wenig geöffneten Mund presste sie die kaum zu hörenden Worte hervor: »Du bist ein Held!«